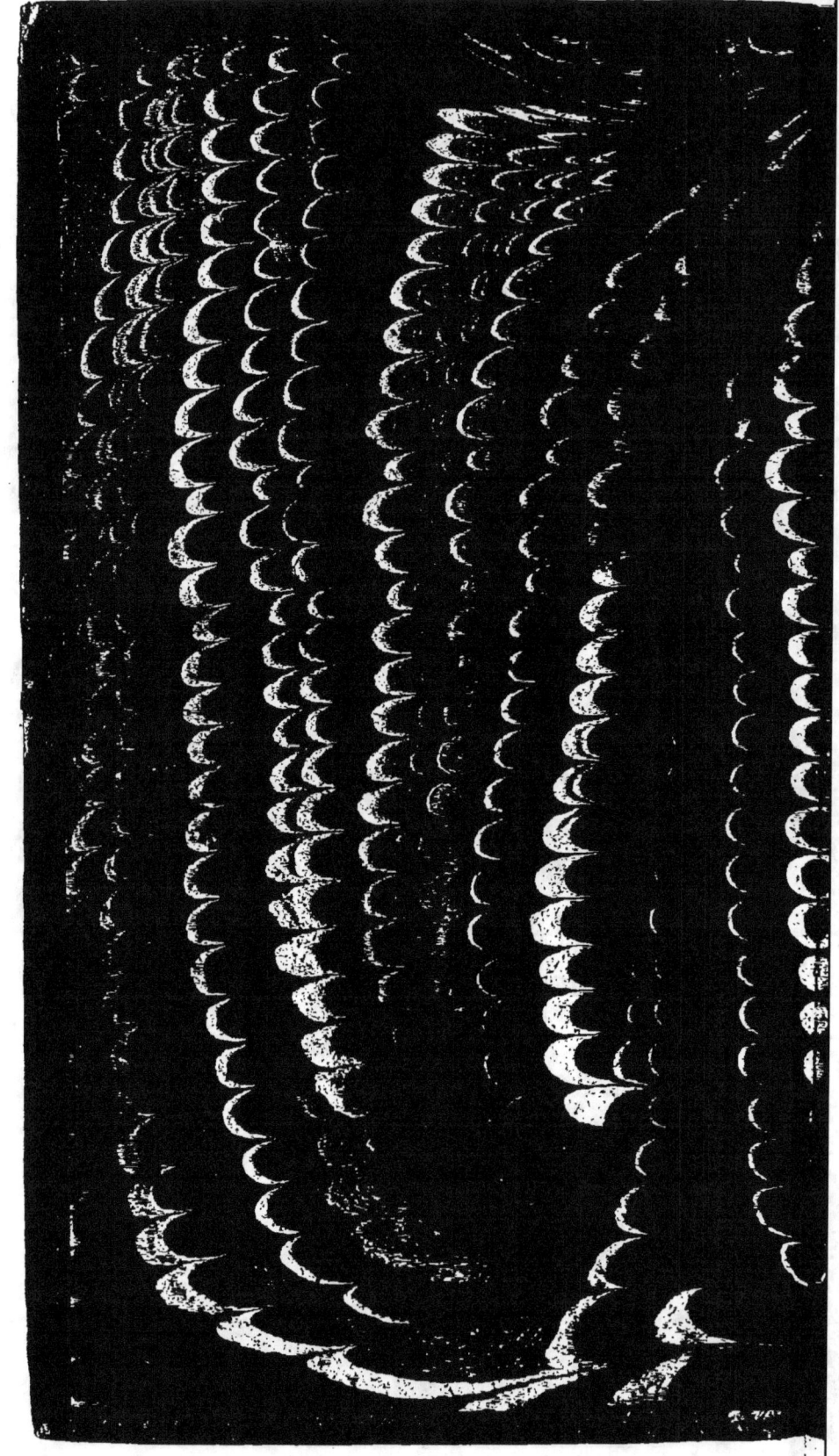

$$\frac{V}{+\ 2174}$$
B

Y_c

SCALPTURA

CARMEN.

Autore LUDOVICO DOISSIN, S. J.

PARISIIS,

Apud P. Æ. LE MERCIER, Typographum ac
Bibliopolam, via san-Jacobæa, sub signo
Libri aurei.

M. DCC. LIII.

Cum permiſſu Regis.

REGIÆ PICTORUM

ET SCULPTORUM

ACADEMIÆ.

UM mihi mens nuper juvenili
arderet amore
Ingenii Fœtum carmen committere prælo;

Et quibus aufpiciis tutè prodiret in auras
Undique fpectarem ; manifefto lumine fe fe
Obtulit ante oculos vultu notiffima Pallas.
Non erat illa caput galeâ protecta minaci,
Nec rutilâ niveum defenderat Ægide pectus :
Qualis prægnanti cerebro Jovis edita fertur ;
Aut quali folet effe habitu, cum plena mi-
narum

a ij

Oppositas inter facto ruit impete turmas:

At qualem ipsa mihi dederat sese ante vi-
    dendam, *

Cùm resides iterum pulsare in carmina Ner-
    vos

Sollicitaret amans, mutumque resumere
    plectrum.

Nimirum positis armis & Gorgone dirâ,

Peniculum cœlumque manu, scalprumque
    gerebat,

Et mollis circùm crines serpebat oliva :

Quæ mihi subridens verbis sic fatur amicis.

,, Jure sibi ac meritò columen tua musa re-
    ,, quirit,

,, Quò tutè firmare queat vestigia gressu,

,, Optatæque palàm tandem se credere luci.

,, Nempe humilis quærit pinum, quercumve
    Myrica,

,, Quæ tenerum caput, & nondum radicibus
    ,, altis

* C'est par cette idée que l'Auteur commence son
Poëme.

„ Defixum in terrâ fragilem fine palmite
„ truncum

„ Luctantes contra ventos, nimbofque fo-
„ nantes

„ Deffendat, ramifque tegens, umbrâque
„ virenti.

„ At quid mens tanto curarum fluctuat æftu

„ Necquicquam, pugnatque diu fententia
„ fecum;

„ Et dubium nunc hûc animum, nunc dif-
„ trahis illùc?

„ Nobilis illa tibi eft adeunda Academia,
„ mentem

„ Cui totam ipfa meam infudi, quam pro-
„ diga donis

„ Ufque novis lætam cumulo, propriamque
„ dicavi

„ Effe mihi. Hinc fummos tantâ duce & auf-
„ pice femper

„ Artifices tulit illa finu, nullique fecundos,

„ Seu pario fimiles de marmore ducere vul-
„ tus;

» Seu vitam mutis animamque infundere
  » fuccis ;

» Seu demùm ære cavo tenues cælare figu-
  » ras ,

» Et variis bibulam formis animare papy-
  » rum.

» Quos habet imprimis nunc docta Acade-
  » mia , laude

» Sunt multâ digni Artifices , plenique Mi-
  » nervâ ;

» Nec verbis æquare decus valeam. Ilicet
  » ipfe

» Mercurius frater nequeat , fit divite quam-
  » vis

» Inftructus venâ , & facundæ munere lin-
  » guæ.

» Quin etiam multi duplicem meruere coro-
  » nam ,

» Dum faciles docto complexi pectore Mu-
  » fas ,

» Ingenuafque Artes , præclara volumina
  » luci

» Committunt , * chartâ æternùm victura
    » loquaci.

» Nam quid vulgatum nuper memorare vo-
    » lumen

» Attinet , * eximiæ quo debita præmia laudis
» Artifices referunt jam dudum lumine caſſi,
» Quos olim Lodoix numero delegerat omni,
» Pictorum turbæ , & docto præeſſe Liceo :
» Multorum excellens Scriptorum munus ,
    » ut olim
» Multorum Pandora Deum : quanquam in-
    » terutrùmque

* Recueil d'Antiquités Egyptiennes , Grecques ,
Etruſques & Romaines , par M. le Comte de Caylus. Le Traité des Pierres gravées de M. Mariette.
La vie de Bourdon non imprimée , par le même. Le
Poëme en vers François ſur la Peinture , par M.
Watelet : les deux premiers Chants ont déja été lus
dans une aſſemblée publique de l'Académie & reçus
avec beaucoup d'applaudiſſement. Le Catalogue rai-
ſonné des Tableaux du Roi par M. Lépicié.

* Les vies des cinq premiers Peintres du Roi
de différents Auteurs. M. le Comte de Caylus Auteur de la vie de Mignard & de Lemoine ; M. Deſ-
portes Auteur de la vie de Le Brun ; M. Watelet Auteur de la vie de Boulogne ; M. Coypel Auteur de la
vie d'Antoine Coypel ſon pere.

» Immensum discrimen inest, quod origo
»» malorum

» Illa fuit, quæ tùm, facto velut agmine,
» terris

» Incubuere simul ; contrà ferat artibus istud

» Commoda, dum tenebris & cæcâ nocte
» sepulchri

» Eruit Artifices, meritumque impendit ho-
» norem.

» Quid loquar imprimis toto jam nobile
» regno

» Illud opus, læves quo sic venâ ubere gem-
» mas

» Eximius tractat Scriptor*, sic nomina rebus

» Cognata imponit, sic demùm temperat aptè

» Præcepta exemplis ; ut, si quid carpere livor

» Fortè velit, *fragili quærens illidere dentem,*

» *Offendat solido,*** & voto frustratus inani,

» Illæsum simul autorem , gemmasque re-
» linquat

* M. Mariette Auteur du Traité des pierres gravées.
** Horat.

» Fercula dura nimis, minimèque accom-
  » moda denti?

» Quo pede cœpit iter pergat celeberrimus
  » autor,

» Ingenuafque novis cumulet proventibus
  »ar tes.

» Olli jàm meritâ decoravit tempora lauro

» Gallia, fed calathis tunc fparget lilia plenis,

» Et lauri meffem gremio de divite fundet,

» Mercedem docti egregiam pretiumque la-
  » boris.

» Ergò ne dubita, aut monitis parere recufes.

» Auguftam facilis tibi fponte patebit in
  » ædem

» Acceffus, dabiturque facrum contingere
  » limen.

» Ante alios tibi vir fefe feret obvius ul-
  » trò, *

» Eximium antiquâ ducens ab origine no-
  » men,

* M. le Comte de Caylus a bien voulu fe charger de préfenter à l'Académie l'Epître manufcrite de l'Auteur.

„ Et mihi jam pridem fummo devinctus
  „ amore :

„ Namque idem pulchro conjungens fœdere
  „ Martem

„ Pieridefque fimul, titulos virtutibus æ-
  „ quat,

„ Et proprio nomen fplendore illuftrat avi-
  „ tum.

„ Ille tibi vultu , geftuque occurret amicè

„ Urbanus pro more fuo, dextrâque prehen-
  „ fum

„ Ipfe dabit doctos inter confiftere cœtus ;

„ Ut quondam errantem Gallum formofus
  „ Apollo

„ Aonas in montes,& fummo culmine Pindi

„ Ipfe manu multo fufpenfum numine du-
  „ xit. **

Hæc Pallas : Zephirifque invecta jugalibus ,
  Arces

Protinus æthereas, altumque revifit Olym-
  pum ;

  ** Virgil. Egl. 6.

Nixa ubi fublimi folio, propiorque tonanti,

Vefcitur ambrofiâ , & multo fe nectaris
  hauftu

Proluit , ad menfam divini admiffa Pa-
  rentis.

Juffa Deæ, monitufque fequor, veftrumque
  tribunal

Accedo fupplex. Timidum fi lumine blando

Refpicitis vatem; fi magni nominis umbra

Protegit imbellem mufam ; nec dente ma-
  ligno

Lædet opus livor , nec edax abolere ve-
  tuftás ,

Et tempus poterit : fed veftro numine fretus

Defpiciam terras humiles , & fidera tan-
  gam

Vertice laurigero , media inter fulmina lu-
  dens

Et tela invidiæ ; ut quondam , fi credere dignum eft ,

Illæfus gladios inter , ftrepitufque virorum

Ibat belligerâ cum Pallade tutus Uliffes :

Aut veluti cymbâ vectus, tenuique phafelo,
Æquoris irati fremitus, & murmura cœli
Haud quaquam horrebat tutus cum Cæfare
    Nauta. *

Offerebat L. DOISSIN. S. J.

* Suet. in vitâ Cæf.

SCALPTURA

SCALPTURA

CARMEN.

LIBER PRIMUS.

CULPTURAM primùm cecini :
nunc quandò Minerva
Me rursùm invitat calamos tractare
relictos ;
Scalpturam celebrare juvat, Divæque potentis
Hortatu nondùm tritos infiftere calles.
Huc ades, ô Thymbræe pater, quem flammea cœlo
Lumina fpargentem veneratur cernuus orbis.
Te fine nil altum mens inchoat : ergò relinque
Caftalios fontes, & amata cacumina Pindi,
Et totum læto infpira fub pectore Numen.
Sic nunquam ulla tuos obfcurent nubila curfus ;
Sic virides fundat tellus tibi prodiga lauros ;
Sic te vocales ferientem pectine chordas
Excipiat plaufu Pindus, fremituque fecundo,

A

Pronaque ſublimi te vertice pinus adoret.

    At quoniam ex uno plures de ſtipite rami
Multiplicesque fluunt uno de fonte ſcatebræ :
Tres erit in partes diviſi carminis ordo. *
Scalpturæ primùm ſpecies & nomina dicam ;
Adſit & unde decus, ſplendor, pretiumque figuris :
Eximios deindè artifices quos ipſa requirat,
Et quantos olim tulerit Scalptura, docebo :
Denique ſi mentem pergat mihi lumine Phœbus
Afflare, expediam quàm multos cedat in uſus.
Scilicet hîc longi finiſque & meta laboris
Extiterit ; tandemque almâ recreatus arenâ
Conſtituam in tuto defeſſam littore puppim ;
Si tamen optatos portus intrare carina
Poſſit, & ad ſcopulos non antè alliſa dehiſcat.

    Ducere mentitos cæſo de marmore vultus,
Et rudibus vitam, vocemque infundere ſuccis
Antiqui novere viri. Quis Zeuxidis uvas
Neſcit, & egregium docti Cyclopa Timantis ;
Alcidem, Lyſippe, tuum ; Polyclete, Dianam ;
Marmoreumque Jovem Phidiæ ; Vaccamque Myronis ?
At formas ære expreſſas committere chartæ,
Fictoſque in lævem vultus transferre papyrum
Res abſtruſa diu, ** multiſque incognita ſæclis

* Diviſion du Poëme.
** L'impreſſion des Eſtampes n'a commencé que vers le

Ars fuit. Humanæ nimirùm induſtria mentis

Paulatim varias meditando repperit artes;

Non omnes venere ſimul : ſic primus in orbe

Pan calamos, ſi vera fides, conjungere cerâ

Inſtituit, flatuque tubos animavit inertes.

Extenſas alter tentavit pollice chordas;

Alter & inventis ſociavit carmina nervis,

Argutam tenerâ citharam cum voce maritans.

Fors erit ut mutos manus ingenioſa colores

Vocales quondam efficiat, * ſeptemque tonorum

Diſcrimen ſeptem reddat miſtura colorum :

Unde oculis ſua ſit, velut ipſis muſica dudùm eſt

Auribus, & mentem deludat amabilis error.

Fertur in Auſoniâ Sculpturam exordia primùm

Sumpſiſſe, ** eximias quà tollit ad æthera moles

milieu du quinziéme ſiécle, preſqu'en en même tems que
l'impreſſion des livres.

* Il n'y a perſonne qui n'ait entendu parler du Clavecin
oculaire du R. P. Caſtel; lequel feroit ſur les yeux par le
moyen des couleurs une impreſſion pareille à celle que fait
ſur les oreilles le Clavecin auriculaire.

** Maſo Finiguerra, Orfévre de Florence, avoit coutume
de faire une empreinte de terre de tout ce qu'il gravoit, pour
émailler enſuite. Un jour qu'il jettoit du ſoufre fondu dans
le moule de terre qu'il avoit fait, il s'apperçut que ce qui
ſortoit du moule marquoit dans ſes empreintes les mêmes
traits qui étoient gravés ſur l'argent, par le noir que le ſoufre avoit tiré des tailles. Il eſſaya d'en faire autant ſur
des bandes d'argent avec du papier humide, en paſſant un
rouleau bien uni pardeſſus; ce qui lui réuſſit. Cet art ayant
paſſé en Allemagne & en Hollande, y acquit entre les mains de
deux excellens hommes, Albert Dure & Luc de Leyde, une
perfection à laquelle peu de Graveurs ſont arrivés depuis.

Magnorum fœcunda virûm Florentia mater.

Hîc cùm fortè opifex cælaſſet pocula ſignis

Aſpera, cælatas placuit, de more, figuras

Argillâ ſimulare cavâ, glebâque tenaci,

Et, præter ſolitum, formis inducere ſulphur;

Quò ſordem argento collectam abſtergeret omnem,

Purgaretque lutum interiùs: queis rìtè peractis,

Contractum gelido cùm induruit aëre ſulphur;

Aſpicit impreſſas contracto in ſulphure formas.

Emicat impatiens, & vix ſua gaudia mente

Concipit; ut ſi quis theſaurum fortè latentem

Agricola inveniat; dùm verſis ſemina glebis

Committit terræ, aut campos exercet aratro.

Ergò eadem argenteis juvat explorare tabellis,

Et madidas adhibere levi pro ſulphure chartas.

Haud ſecùs ac ſulphur formam madefacta papyrus

Accipit impreſſam, & puro ſuper æquore reddit;

Prima rudimenta, & magni parva orſa laboris.

    Porrò Scalpturæ duplex modus: alter aceto *

Diverſis ſalibus, viridique ærugine mixto

(*Oxunudor* Græci patrio de nomine dicunt)

Perficitur breviùs; ſcalprum ſibi longior alter **

Vindicat, artificiſque manum, aſſiduumque laborem.

Scilicet ut ſenſim matris formatur in alvo,

---

* Eau-Forte. Tout le monde ſçait que c'eſt une compo-
ſition de ſel armoniac, de ſel commun, & de verd-de-gris.
  ** Gravure au burin.

Nec priùs erumpit de carcere flebilis infans,
Candida quin novies repararit cornua Phœbe;
Sic menfæ affixus fcalptor noctefque, diefque,
Non nifi poft longum tempus, poft tædia multa,
Inceptas fcalpro formas abfolvit in ære,
Et meditatum hominem conatu parturit ægro.
Apparent primò vultus, gracilefque capilli,
Pendentefque manus humeris, teretefque lacerti,
Ipfi deindè pedes, tùm demùm exurgit imago.
Ut cùm vipereos, mortalia femina, dentes
Sparfit humi Cadmus, glebas cæpiffe moveri
Fama refert, primùmque acies apparuit haftæ,
Tùm galea, & fummo nutantes vertice criftæ,
Deindè humeri, collumque & pectoris offea crates;
Dein jaculis armata manus, tùm denique fulco
Prodiit inftructus rutilis exercitus armis.

Quod fi te fpatiis tempus brevioribus urget;
Quo poffis breviore modo properare laborem
Expediam, & paucis, animos adverte, docebo.
Ænea * fuppofito calefit primùm igne tabella,

---

* Gravure à l'eau-forte. Elle ne différe de la Gravure au
burin, qu'en ce que dans celle-ci le burin feul fait les excavations; au lieu que dans la Gravure à l'eau-forte ce travail
fe fait légérement, & prefqu'au premier coup avec la fimple
pointe d'acier fur un cuivre préparé pour cette opération. Il
faut dabord mettre fur le feu la planche de cuivre fur laquelle
on veut graver. On y étend enfuite un vernis que l'on noir-
cit en expofant la planche à la fumée d'une bougie du côté
qu'on a appliqué le vernis. Après cela on calque fur cette

Et pingui ſubter linitur pice, deindè jubetur
Lampadis accenſæ nebulam, fumoſque volucres
Accipere, obſcurum donec trahat inde colorem.
Tum verò rerum ſpecies deſcripta papyro,
Quam rubro antè memor conſperſit pulvere dextra
In tergo, imprimitur lamnæ; dein uſus acutâ
Cuſpide, quaſque notat partes, & ſingula ſcalptor
Incidit leviore manu, cerâque tenaci
Circùm oras explet, mordaxque infundit acetum.
Ilicet inſinuat ſe ſe, tortoſque canales
Permeat, atque brevi tabulam corrodit acetum,
Pæoniis ſuccis, magicâque potentius herbâ.
Scalptor opus poſthac repetens, * mirabitur altas
Surrexiſſe domos, & cinctas mœnibus urbes;
Immenſum frondere nemus, lucoſque comantes;
Gramine veſtiri campos; ſimulata tumere
Æquora; perque ſuos errare animalia montes;

planche un deſſein qu'on a fait à part ſur du papier bien frotté
de ſanguine par derriere. La ſanguine s'imprime aiſément
ſur le vernis, & y marque tous les traits du deſſein. L'outil
dont on ſe ſert alors pour graver eſt une pointe d'acier, & ſou-
vent une ſimple pointe d'aiguille. Quand les traits ſont for-
més, on coule l'eau-forte ſur la planche qu'on a eu ſoin
auparavant de border de cire & on l'y laiſſe quelque tems.

  * On ne peut pas déterminer au juſte combien il faut laiſ-
ſer de tems l'eau-forte ſur la planche. Cela dépend & de la
dureté du cuivre & de la bonté de l'eau-forte, & encore davantage de l'intention dans laquelle eſt le Graveur de terminer
ſa planche au burin, ou de la donner pure d'eau-forte. Dans
le premier cas il faut qu'elle ſoit moins mordue que dans le
ſecond.

Hîc fegetes, illîc natos cum vite racemos;
Arboreos fœtus alibi, & fine nomine flores :
Tanta eft infufi virtufque & robur aceti.
Sic juvenes Medæa feni cùm redderet annos,
Seminaque & tepido fuccos medicaret aheno;
Quacunque in terram guttæ cecidere calentes,
Continuò vernabat humus, de caudice rupto
Lilia furgebant, pallebat multus in auro
Narciffus, ftipefque nigris frondebat olivis,
Et dabat innumeras tellus fine femine plantas.

At nimiùm ne fortè vorax corrodat acetum
Corpora, * quæ morfu fuerint rodenda minori;
Pingui mixtum oleo, facto velut objice, febum
Inducat prudens opifex, vallumque furenti
Opponens, aliò jubeat divertere curfus,
Et rabidos aliò morfus infigere lamnæ.
Haud aliter recreata fatis cùm prata biberunt;
Tùm paftor fluvium claudit, rivofque fequentes
Aggeribus circùm factis : at rivulus undas
Præcipites aliò devolvit, & arida latè
Arva rigat, tenui objurgans ftridore lapillos.
Verùm alter tenues effingere in ære figuras
Eft modus, egregii inventum munufque magiftri;

* Couvrir d'un mélange de fuif & d'huile les tailles qui
doivent demeurer fines & légéres, & les éloignemens; parce que plus les objets s'éloignent, plus l'interpofition de
l'air doit les éteindre, & les faire paroître dans une forte
d'indécifion.

Qui Marti gratus pariter, doctæque Minervæ;

Alternâ gladium dextrâ fcalprumque teneret,

Atque idem regeret populos, arteſque foveret.

Tranſverſos primùm fulcos efformet in ære

Scalptor, & incidat tantâ docilem arte tabellam,

Ut pars nulla quidem fit puncti aut vulneris expers:

Tota fed ad tactum tractanti fcabra refiſtat,

Atque adeò innumeris laceretur faucia plagis.

Poſtquam hæc artifici fuerint confecta perito;

Nec mora deſcribat fcabro fuper æquore formam.

Tùm deindè arripiat ferrum, partefque tumentes

Vel tollat prorſùs, vel tantùm explanet, eâdem

Vulnera facta manu fanans, aut facta relinquens,

Quatenùs umbrarum ratio, lucifve requirit.

Sic numeris perfecta fuis exurget imago.

    Te monitum tamen antè velim quam nobilis autor

Repperit hanc fpeciem Scalpturæ haud omnibus ap-

     tam

Effe argumentis: ** illâ non utere prudens,

---

   * Gravure à la maniére noire. On l'appelle auſſi maniére du Prince Robert, parce qu'on pretend que c'eſt à Robert Prince Palatin du Rhin, l'ami & le fectateur des arts qu'on en eſt redevable. On prépare la planche par une Gravure fine, croiſée dans tous les ſens & uniforme qui l'occupe entiérement. Cette opération achevée, le Graveur deſſine fur for cuivre les contours de ce qu'il veut exprimer, & avec un grattoir abbat le cuivre tout à-fait, ou ſe contente de le brunir, fuivant que l'exige la deſtination des ombres & des lumiéres.

   ** Toutes fortes de fujets ne font pas également propres à ce genre de Gravure : Ceux qui demandent de l'obſcurité

Si lætas rerum species, si ruris amœni

Delicias, solesque remotâ nube serenos,

Solemnisve offerre voles spectacula pompæ.

Profuerit magis illa tibi, si lurida pingis;

Ferales Erebi sedes, Stygiasque cavernas,

Eumenidumque choros, ditisque inamabile regnum,

Et sontes animas Rhadamantum voce minantem;

Omnia quæ tenebras, noctemque, umbramque

requirunt.

Effigies etiam ligno, * lævesque figuras

Artifici simulare licet, semperque licebit.

Verùm illis non tantus inest lepor atque venustas;

Et quantùm vili plumbo pretiosius aurum est,

Lignea tantùm aliæ vincunt simulacra figuræ.

Non nihil illa tamen pretiumque decusque libellis

Ornatùmque addent; seu pensilis uva decenter

Sit pingenda tibi; seu pleni flore caniftri;

Quales de niveo fert plurima sæpè puella

Appensos collo, cùm gemmea rura pererrat,

Purpureosque vago vestigat lumine flores.

Nec te præteream, Picturæ simia felix, **

comme les effets de nuit & les tableaux où il y a beaucoup
de brun s'en accommodent assez. Les Paysages n'y sont pas
propres & en général les sujets clairs & larges de lumiére.
*Abraham Bosse, de la maniére de graver à l'eau-forte & au
burin* &c. p. 122.

   * La Gravure en bois, quoique susceptible de beauté, est
fort négligée aujourd'hui.

   ** Gravure coloriée. Elle consiste dans l'application de

Ambiguum, Scalptura, genus, fobolefque biformis.

Nimirùm ligno, rigido ve effingit in ære

Tres fcalptor tabulas : proprium unicuique fuum-
     que eft

Munus & officium ; nec totam fingula formam

Exprimit ; at folùm partes habet una colore

Ungendas flavo, partes habet altera rubro,

Altera cæruleo pingendas : nec mora fuccos

Diluit, & proprio linit unamquamque colore

Lamnam opifex : deindè imprimitur madefacta pa-
     pyrus,

Et bibit alternos prælo fubjecta liquores.

Hinc optata venit lævi fub imagine forma,

Quam nec tu pictam, nec Scalptam dicere poffis,

Participans ab utroque fimul, quippe ipfa colores

Suppetiit Pictura fuos, fcalptura tabellas,

Et meritò egregiam fibi vindicet utraque prolem.

     Præfereà eft alter fcalptis inducere formis

Picturam modus, * & lætos infundere fuccos.

plufieurs planches qui deftinées chacune à une couleur particuliére, & imprimées par ordre & fucceffivement fur la
même feuille de papier, font une eftampe qui imite affez-
bien l'effet d'un tableau.
     * Les Enluminures. On colle fur une toile l'eftampe que
l'on veut enluminer, & on y jette une couche de colle
d'amidon. Quand la colle eft féche, on étend fur l'eftampe
avec le pinceau des couleurs en détrempe. On peut auffi
fans coller le papier fur toile fe contenter de paffer dans de
l'eau-d'alun les eftampes que l'on veut enluminer, de peur
que le papier ne boive, & cela eft même plus en ufage.

Diverſas rerum ſpecies cùm ritè papyrus
Impreſſa accepit ; tùm telæ inducitur udæ ,
Donec utrumque ſimul corpus coaleſcat in unum.
Deindè tenax , factumque hæc ipſa ad munera gluten
Illinitur chartæ : tùm gnarus denique ſcalptor
Diſpenſat varios pictorem imitando colores.
At minimus venit indè nitor ſplendorque figuris.
Nativum hæc potiùs tollit mixtura decorem ,
Et lætæ niveos formæ corrumpit honores.
Sic ſæpè ardenti minio fucoque perungit
Albentes formoſa genas vultumque puella :
At proprium amittit minio fucoque colorem ,
Et minùs ornatu aſcito formoſa videtur.

Impreſſas tamen ære cavo chartâque nitenti
Egregias nuper conchas vidiſſe recordor , *
Quas vario artificis manus ingenioſa colore
Sparſit , & extremis Germania miſit ab oris ;
Sed quales neque gemmifero de littore mittit
India , nec fulvis America expandit arenis :
Uſque adeò ſuper infuſi multâ arte colores
Impreſſis addunt formis pretiumque , decuſque ,

* Les Enluminures que M. Regenfus Graveur de Nuremberg vient de donner au public font ſans contredit ce
qu'on a encore vu en ce genre de plus parfait. Ce ſont des
coquillages executés d'après le naturel ; mais ſi bien enlu-
minés qu'on les croiroit l'ouvrage du pinceau ſeul. Il n'a
donné juſqu'à préſent que quelques feuilles : mais le reſte
viendra bientôt d'Allemagne , où tout a été exécuté.

Et veneres trahit inde novas ornata papyrus.

Tandem difce memor fragili committere vitro
Effigies rerum fcalptas, pictofque colores. *
Splendida nimirùm poftquam pigmenta papyrus,
Et lacrymis, terebinthe, tuis diluta recepit,
Lamellæ imprimitur vitreæ : queis ritè peractis,
Sic junctas inter fe propiùs, vifcoque tenaci
Adftrictas Iamnam fcalptor chartamque relinquit;
Et pofitum ad tempus graphium fcalprumve refu-
    mens,
Aut meditati operis pergit fuper æquore puro
Exemplum, aut cæptas abfolvit in ære figuras.
Intereà vitrumque fimul, tenuifque papyrus
Se magis atque magis ftringunt complexibus arctis,
Et nexu jucunda novo confortia firmant.
Quin etiam vitreæ gremio Pictura tabellæ
Infinuans furtim nitido fe corpore mifcet,
Atque impreffa fui veftigia fignat amoris.
Verùm eheu ? nulla eft tam firmo copula nodo,
Cui non fit certo demùm poft tempore finis.
Vix cæpere fimul vitrumque & picta papyrus

* La pratique dont on parle ici confifte à reporter fur
le verre des eftampes, qu'on peint avec des couleurs dé-
trempées dans de l'efprit de térébenthine. Quand ces eftampes font ainfi enluminées, on les applique fur le verre &
elles y demeurent attachées. On enléve enfuite le papier
par le derriére de la Gravure, qui feule avec les couleurs
demeure fur le verre, & produit en la regardant par le côté oppofé l'effet d'un tableau.

Fraterno more hofpitiis communibus uti,
Et ftudio unanimi confortem ducere vitam :
Alter ab alterius gremio divellitur hofpes,
Pictaque dejicitur peregrinâ fede papyrus.
Aft inimica manus quæ fic divellit amantes,
Haud potis eft pariter veterem reftinguere flammam :
Nam veluti viduata viro lacrymabilis uxor
Conjugis extincti notos de marmore vultus,
Aut pictam tabulâ formam fibi curat habendam,
Ultima quæ tenerum fiftat poft fata maritum,
Et fictâ veros foletur imagine luctus ;
Haud aliter fpoliata fuâ lamella papyro,
Et blandæ per vim complexu avulfa fodalis
Expreffam retinet faltem, gremioque recondit
Ipfius effigiem, monumentum & pignus amanti.
Hinc porrò vitream adversâ fi fronte tabellam
Poftea refpicies, picta apparebit imago
Quæ fuit in chartâ : cecidit perfona, manet res.

Sive autem cælo, five acri, fcalptor, aceto,
Seu ligno demùm placeat defcribere formas ;
Unum illud tibi præ reliquis, præque omnibus
unum
Præcipiam. Infignes, quos omnis protulit ætas
Elige pictores, * curâque imitere fagaci.
Vulgares permitte fitu fquallere tabellas

* Le choix du Peintre.

Pulvere confperfas merito, fumoque fequaci.
Nam fi vilis erit, quam reddis in ære, tabella;
Sit reliquis Scalptura licet numerisque modifque
Exacta, ad feros nunquam tamen illa nepotes
Ibit; ut in patriam fi quis convertere linguam
Infulfum meditetur opus, fit divite quamvis
Inftructus venâ interpres, genioque potenti,
Et nitidus fermo, puroque fimillimus amni;
Non tamen atra liber metuendæ oblivia noctis
Proptereà effugiet; fed vix egreffus in auras
Condetur tenebris, arcâque inclufus inerti,
Sufficiet tineis blattifque voracibus efcam.

    Cùm tibi pictoremque tuum, doctique tabellam
Artificis numero tandem delegeris omni;
Arripe jam fcalprum, docili finge ære figuras,
Et telæ commiffa levi committe papyro.
At moneo imprimis offert quæcunque tabella
Sint leviora licèt, nitido fuper æquore chartæ
Reddere. * Non ne vides adverfo lumine folis
Mobilibus rerum fpecies fi pingitur undis,
Ut tota exurgat, redeatque fidelis imago?
Hæc tibi fit, pictas cùm reddis in ære figuras,
Regula; nec tenuis flavo fit vertice crinis,
Nec pilus in barbâ, nec vena in corpore toto,
Quam non oftendas, chartâque imitere fideli.

   * L'imitation fidelle & entiére du tableau.

Perſonas ſcalpſiſſe parùm eſt quas picta tabella
Exhibet, & læves dextrâ ſolerte figuras
fingere ; Picturæ niſi ſpiritus & vigor omnis
Tranſeat in chartam, * & pariter Scalptura loquatur.
Ergò ſuæ vocem infundat vitamque tabellæ
Scalptor, & in mundam transfundat ritè papyrum
Quos habet affectus, Pictoris munere, tela.
Si furit in tabulâ malè ſanæ mentis Oreſtes ;
Extinctum ſi pulcra Venus ſuſpirat Adonin ;
Si laceris Caſſandra pavet raptata capillis ;
Ipsâ etiam in lamnâ raptos ſuſpiret amores
Mœſta Venus ; paveat Caſſandra ; habitumque fu-
      rentis
Expreſſum referat furiis agitatus Oreſtes.

Aſpicis, * * ut tenui trèmit impius Attila chartâ,
Et pugnacem avertit equum, dum deſuper enſes
Sanguineos videt, armatamque in funera dextram ?
Vix pavidus ſeſſor titubantes ſuſtinet artus ;
Imbelles nictant oculi, formidine vultus
Pallet, & ex toto prorumpit corpore ſudor.
Ipſe fremit quadrupes, preſſaſque exoſus habenas,
Tollit ſe arrectum, & ſpumas vomit ore cruento.
Idem omnes metus acer agit ; Regiſque ſecutus
Exemplum, trepidus toto fugit æquore miles ;

* Faire paſſer ſur le papier tout le feu de la peinture.
* * L'Attila de Raphaël, gravé par Samuël Bernard.

Nec jam Romanæ meditatur funera gentis :
At gladios timet ancipites, & præpete curſu
Deſerit ultori defenſam Numine Romam.
Intereà tamen immiſſis Vulcanus habenis
Rure ſuburbano furit, ardenteſque favillas,
Et mixtum piceâ volvit caligine fumum.
Non magis ipſe meam, Raphaël, tuus Attila mentem
Commoveat, mirâ ſint quamvis arte colores
Infuſi, & nullam plus jactet Roma tabellam.

     Quid memorem, * ut rutilo deſcripſerit alter in
       ære
Infantum cædem, quos primo in limine vitæ
Abſtulit Herodes, & funere merſit iniquo ?
Hîc teneros laniata ſinus, ſparſiſque capillis
Deſolata parens ultricem Numinis iram
Implorat lacrymis, vultuſque ad ſidera tollens
Extinctam prolem repetit, quam barbarus hoſtis
Transfixit mediam, & capulo tenùs abdidit enſem.
Hîc puero fauces, eliſaque guttura frangit
Miles ; at indigno meritas pro crimine pœnas
Exigis, ô mater, magnoque accenſa furore,
Quando quidem optatus votis non ſuppetit enſis,
Unguibus ora notas, denteſque infigis acutos
More canis, totumque velis diſcerpere morſu.

   * Le Maſſacre des Innocens gravé par Nicolas Loir,
d'après M. Le Brun.

                      Haud

Haud procul hinc teneram aggreditur subducere letho
Infelix mater sobolem, gladiumque repellit
Vi multâ : vires amor & natura ministrat,
Heu frustrà ! pueri jam totus in ilia mucro
Descendit ; largo sequitur de vulnere sanguis.
Parte aliâ invitus sonipes & multa reluctans,
Sed pressus gravibusque minis & verbere crebro
Obterit infantem, & dirumpit viscera calce ;
Dum gremio avulsos materno, & parva moventes
Brachia necquicquam miles rapit improbus ulnis ;
Ut quondam pleno lupus insidiatus ovili ,
Si fortè imbelles matri subduxerit agnos,
Abripit in Sylvas, & pleno devorat ore ,
Fulmineis trepidos mandens sub dentibus artus.
Spirat in exili matrum furor iraque chartâ,
Spirat ut in tabulâ ; nec scalpti militis ora
Torva minùs, pictâ quam torvus imagine miles.
Ipsa dolet, metuit, frendet, lugetque papyrus.

Filia Picturæ, Picturæ imitabitur artem
Scalptura : * ergò suas opifex ità temperet umbras,
Majorem ut propiora diem simulacra ; minorem
Longinqua accipiant certo discrimine lucem :
Ut propior soli majori luce coruscat
Clara Venus, plures & spargit ab æthere flammas ;
Dum reliquis acies stellis obtusa videtur,

* La disposition des ombres & des lumiéres.

B.

Et Saturnus iners contracto frigore pallet.

Nec similes ductus * propiora remotaque poscunt
Corpora : pro variis ratio mutanda figuris.
Sic natura jubet , sic rerum præcipit ordo.
Namque hominem summi si quis de vertice montis
Viderit, aut celsâ despectet desuper arce ;
Vix caput à pedibus, vix longum à pectore collum,
Vix humeros tumidâ secernere possit ab alvo :
Apparet tantùm rudis indigestaque moles.
Ast homini propior si fortè accesserit ille ,
Singula jam cernat divisim oculosque genasque,
Discretosque pedes : nec tantùm à pectore crura,
Sed mentum à naso, frontem secernat ab ore,
Atque etiam tenues possit numerare capillos.
Hinc adeò læves scalpro prudente figuras
Plusve , minùsve nota juxtà intervalla locorúm.

Sic magnus quondam descripsit in ære rigenti
Audranus Pyrrum Infantem , * * quem civicus hostis
Insequitur , certus vix matris ab ubere raptum
Ob Patrium mactare nefas, & dedere morti
Immeritæ, penitùsque invisum extinguere nomen.

* Les éloignemens.
* * Le Pyrrhus sauvé d'après le Poussin gravé par Gerard
Audran. Cette Estampe est un des plus beaux morceaux
de ce Graveur. Il y a rendu, dit le nouvel Editeur du Traité
de la Gravure d'Abraham Bosse , d'une maniére digne d'ad-
miration , la touche large & plate du pinceau , sur tout
dans les lointains & dans les fonds.

Ergò procul regno manibus sublatus amicis
Ipse fugit; verùm fugienti spumeus amnis
Obstat, & horrisono volvit cum murmure fluctus
Præcipites, tantus se effudit nubibus imber.
Qui puerum Regem portant, infantis amore
Tardantur, neque se committere fluctibus audent.
Intereà effuso cursu premit improbus hostis.
Actum erat, adversâ si non in littoris orâ
Jam serâ sub nocte viri tùm fortè stetissent,
Qui moniti, Pyrrus quantum discrimen adiret,
Protinùs informem suto de cortice cimbam
Contexunt, vectique super vada cærula remis,
Trans fluvium incolumen Pyrrum, sociosque re-
    ponunt.
Hæc porrò tenui descripsit ritè papyro
Scalptor, & imprimis ita singula finxit in ære,
Ut quæ sunt spatio positæ propiore, figuras
Limarit summo studio, ingentique labore;
Longinquas tantùm attigerit, quò scilicet inde
Luminibus fieret gratus mirantibus error;
Adversoque sitas trans amnem in littore formas
Disjunctas longo sibi fingeret intervallo
Spectator, licet in chartâ breviore remotæ
Sint spatio & possint dextram conjungere dextræ.
    Eximias rerum species animosaque signa
Si velit in puram scalptor transire papyrum,
                                        B ij

Nec graciles tantùm macrafque exurgere formas ,
Altiùs in iamnâ fulcos infindere curet , *
Vulneraque & plagas rutilo imprimat ære profundas ,
Haud fecùs ut plantis tellus alimenta miniftret
Pinguia , & immenfo cum fænore femina reddat ;
Non verfas leviter fat habet fufpendere glebas
Agricola ; at curvo terram profcindit aratro
Altiùs , & largos efformat vomere fulcos :
Unde novæ ingenti veniant in corpore vires ,
Utilis & teneras afcendat fuccus in herbas.

  Omne tulit punctum formas ità ducere læves
Qui potuit , ** dextrâque habili fimulare figuras ;
Ut quamvis vulgò nigrantem præter & album
Sobria non alio utatur Scalptura colore ,
Attamen inde oculis mendax imponat imago ,
Scalptaque fint pictis fimulacra fimillima formis.
Sic docti fecere viri ; fic optimus olim
Scalptor adumbravit cænam , *** Chriftumque fe-
    dentem
Difcipulos inter geminos quos Emmaiis unà

  * Faire les excavations affez profondes , pour que les
empreintes foient bien marquées. Il eft cependant des cas
où les tailles doivent être extrémement fines , & ne doivent prefque qu'effleurer le cuivre. Ce font celles qui vien-
nent fe terminer fur les jours , & qui fervent à exprimer
les objets qui demandent à être traités avec délicateffe.
  ** Rendre les différens tons de couleurs , autant que la
Gravure en eft fufceptible.
  *** Les Pelerins d'Emmaus , d'Antoine Maffon , Gra-

Excepit reduces Solymorum à mœnibus urbis.

Nam præter reliquas multâ cum laude figuras

In chartâ expreſſas , lancefque, ſcyphofque ca-
      paces,

Et grandes patinas & pleno ventre lagenam ;

Sic nivea imprimis quæ ſternunt lintea menſam

Deſcripſit, villofque & inenarrabile textum ;

Ut quicunque videt, veram ſe cernere credat

Deluſus mappam , aut tonſis mantilia villis ,

Qualia ſubtili deducit pectine textor ,

Cum radio telas & fila ſequentia ducit.

  Si quis amat ſimiles ad virum effingere formas

Scalptor, * & humanos vultus ſignare papyro ;

Imprimis ſtudeat tam bellè fingere crines,

Et facili criſpare manu ; ut nativa putetur

Cæſaries. Sic magnanimum ſcalptura metallo

Heroem excudit nuper, ** quem Gallia prolem

Eſſe ſuam vellet, multifque laboribus empta

Laurus ad optatos caſtrorum evexit honores.

Nempe cavo graciles ità finxit in ære capillos

Ingenioſa manus, roremque aſperſit amicum ;

Ut veros deluſa putent ſe cernere crines

veur François d'après le Titien. Cette Eſtampe eſt regar-
dée comme un chef-d'œuvre inimitable. On y voit une nap-
pe ouvrée, dont il ſemble qu'on pourroit compter les fils
qui en forment le tiſſu.

  * Les Portraits.

  ** Celui de M. le Maréchal de Lowendal , par M. Will.

Lumina, multifido quos buxus dente momordit,
Et cyprio dexter confperfit pulvere tonfor.
Pieridum plaufit chorus, & Tritonia Pallas
Artificis meritam frontem decoravit olivâ.
Nam quanquam tali Mars Gallicus adjumento
Non eget ut placeat, tantum decus enitet ore;
Plurimus indè tamen fplendorque nitorque figuræ
Accedit, vultufque novo fulgore corufcat.

    Pro variis varium teneat moremque modumque
Corporibus fcalptor, * dùm formas ære rigenti
Defcribit, parvoque efformat in æquore fulcos.
Si tenues fcalpit crines, barbam ve comantem;
Sint faciles ductus, gracilique Simillima filo
Vulnera : fi fluctus; molli fe dextera tractu
Infinuans, tortis imitetur flexibus undam :
Si montes, rupefque cavas, præruptaque faxa;
Plurima multiplici frangat fe linea ductu :
Obliquos hirfuta volunt fibi corpora fulcos,
Quadratos lapidofa petunt, pellucida rectos:
Fœmineas tracta fcalpro leviore figuras.
Denique funt certæ leges, difcrimina certa,
Quæ vigili obferva ftudio, curâque fagaci ;
Æternam fi quandò velis tibi condere famam,
Venturifque tuum fæclis tranfmittere nomen.

    * La différente maniére de conduire les tailles felon la
différence des corps qu'on repréfente.

Inventus tamen eft anteacto nobilis ævo,
Qui prifcis calcata viris veftigia Scalptor
Defereret, * penitùfque novos infiftere calles
Auderet, fretufque manu ingenioque potenti. •
Nam cùm multiplices alii fuper æquore puro
Tranfversìm ducant fulcos, multifque fatigent
Immeritam plagis lamnam, quò reddere poffint
Umbrarum lucifque gradus, verofque colorum
Affimulare tonos; unum tantùm ille per artem
Continuo tractu fulcum ducebat in ære,
Quem dein folerti dextrâ pro lucis & umbræ
Diversâ ratione magifve minùfve cavaret.

Sic olim finxit Chrifti caput. * * Horrida frontem
Spina tegit circùm laceram; frigentia torpent
Lumina; perque genas per & ora fluentia tabo
Sanguinei currunt longo paffim agmine rivi.
Poffit imago loquax vel faxea frangere corda.
Ipfe velit talem Pictor finxiffe peritus;

* Claude Mélan, un des plus célèbres Graveurs de fon
tems, inventa une maniére toute particuliére de graver.
Elle confifte à ne point croifer les tailles, mais à repré-
fenter indifféremment tous les objets avec de fimples traits
mis les uns auprès des autres, & élargis à proportion des
ombres & des jours.
* * Le plus fingulier de tous fes ouvrages eft une tête de
Chrift, dont on parle ici, deffinée & ombrée avec fa cou-
ronne d'épines, & le fang qui ruiffelle de tous côtés d'un
feul & unique trait, qui commençant par le bout du nez
& allant toujours en tournant forme très-exactement par
la feule différente épaiffeur du trait un nez, une bouche,
des joues, des cheveux, des yeux, du fang & des épines.

Abſolvat totam licèt unica linea formam ;
Linea quæ primùm à naſo deducta , manuque
Artifici ſenſim in gyrum orbiculata, capillos ,
Ora , genas, oculos, ſpinas, atrumque cruorem
Efficit , & planè mirâ diſcriminat arte ,
Singula, pigmentis veluti diſtincta niterent.

   Cùm longo detrita uſu jam lamina tantùm
Pallentes reddet formas , effætaque mater
Parturiet prolem invalidam , ſuccoque carentem ;
Protinùs arripiat ferrum , callemque ſecutus
Ære cavo tritum , & relegens veſtigia ſcalptor
Inſtauret veteres ſulcos , plagaſque recentes
Infligat , morbum opportuno vulnere ſanans.
Sic teneræ ægra pecus cùm deficit immemor herbæ,
Et ſobolem infirmam , macilentos parturit agnos ,
Qui longa invalidæ referant jejunia matris ;
Sæpè gravem medico morbum reſcindere ferro
Profuit , & venam ſolerti incidere dextra.

   At ſpes illa tibi ne fallat credula mentem ,
Affore idem ſcalptis pretiumque decuſque figuris,
Quas reparata tibi dedèrit lamella ; * * decorem
Amittent magis ac magis , & labentibus annis ,
Cùm fuerit renovata iterùmque iterùmque tabella ;
Lurida & exanguis vel nulla exurget imago.

   * Retoucher les planches uſées.
   * * Les empreintes qu'on tire de ces planches réparées
ſont toujours moins bonnes que les premieres.

                      Sic

Sìc eadem sanant ægrum medicamina corpus,
Debilitantque simul : nimirùm infusa per artus
Visceraque, impugnant cæco molimine nervos,
Vitalem exurunt succum ; tùm denique totam
Subvertunt penitùs, crebro velut ariete, molem.

Venales plerumque solet conducere prudens
Artifices scalptor, * qui muto ex ære figuras
In bibulam certâ traducant arte papyrum.
At nulli si fortè velis hanc credere curam,
Sunt multa observanda tibi, sunt multa cavenda ;
Omnia quæ nuper doctis accepta magistris
Expediam, sed summa sequens fastigia rerum.

Principiò scalptor prælum * * sibi comparet ipse ;
Non quali vulgò utuntur qui docta virorum
Edere scripta solent, venturis nomina sæclis
Mandantes foliis levibus, chartâque loquaci :
Qualia sed totâ tibi cernere in urbe licebit
Scalptores apud eximios. Compacta rigenti
Machina stat ligno ; pedibus suffulta gemellis
In longum surgit trabs hinc atque inde gemella : ***
Transversis nixam asseribus parvam utraque mensam

* Les Graveurs n'impriment pas ordinairement leurs ouvrages ; ils confient ce soin à d'autres pour avoir plus de
tems à eux.
** La presse destinée à l'impression des estampes.
*** Les deux Jumelles. Ce sont deux grandes piéces de
bois appuyées chacune sur leur pied, & retenues en haut
& en bas par deux autres piéces de bois.

C

Suſtinet à dextrâ & lævâ, latoque feneſtram *

Ore habet, ambobus fedemque locumque cylin-
  dris.

Jam verò in tenuem formas transferre papyrum

Cum volet, ** apponat tabulam inter utrumque
  cylindrum

Scalptor ; & in tabulâ lamnam chartamque reponat

Panniculis tectas : nec longum tempus, & ecce

Dum volvis, peragitque fuos agitata rotatus.

Machina, cum multo imprimitur ſtridore papyrus.

Nimirùm fub utroque fimul compreſſa cylindro

Lamina, fubjectæ propiùs chartæ ofcula figit ;

Ofcula charta volens reddit, lamnamque viciſſim

Excipit amplexu : pulcra hinc exurgit imago,

Quæ pulcram planè referat geminetque tabellam.

  Nunc age, ni refugis tenues cognofcere curas,
Pauca tibi è multis referam præcepta virorum.

  Optima fit proprios quam fervat fcalptor in ufus

---

  * Les Jumelles ont chacune une grande ouverture defti-
née à porter les extremités des rouleaux.
  ** Pour imprimer, le Graveur fait paſſer une longue table entre ces deux rouleaux. Il met fur la table la planche
& le papier qu'il veut imprimer, & les couvre de langes ;
puis il fait par le moyen de la croiſée qui eſt une eſpéce
de moulinet branché, tourner le rouleau de deſſus qui
étant preſſé fortement contre la table l'entraîne à meſure
qu'il tourne, de forte que le rouleau fupérieur tourne d'un
fens, & l'inférieur d'un autre. On léve enfuite le papier de
deſſus la planche. Il a attiré à lui le noir qui étoit dans les
tailles, & l'Eſtampe fe trouve faite.

Sepia, * & imprimis oleo confecta nitenti,
Atque adeò flammis iterùmque iterùmque recocto.
Namque aliter chartæ vix dum commissa bibaci
Contractâ fiet rubigine turpis imago,
Induet & rufos, oleo labente, colores :
Haud secùs ac toto cùm fervet corpore bilis,
Et tumidas implet misto cum sanguine venas,
Lutea fit facies, flavoque simillima buxo.

   Multo etiam studio caveat, ** dum subjicit udas
stridenti chartas prælo, ne turpia lamnam
Atramenta notent formis egressa cavatis ;
Unde repercussam labes ingrata papyrum
Aspergat, redeatque notis maculosa figura.

   Nec sinat egregius siccum indurescere formis
Atramentum opifex : *** nam lamina scilicet inde
Sit quamvis excusa recens, vetus esse putetur,
Atque ab eâ expressæ fuerint quæcunque figuræ,
Invalidæ damnosa ferant incommoda matris,

---

* Quand les Imprimeurs n'ont pas l'attention de faire suffisamment bruler leur huile, les estampes deviennent bientôt jaunes : ce qui provient de ce que l'huile n'ayant point assez de corps, coule à côté de la taille, & jaunît le papier.

** Si on n'a pas soin d'essuyer l'encre qui s'est répandue sur les parties saillantes de la planche gravée, l'estampe qu'on en tire devient, comme parlent les Artistes, toute boueuse.

*** Quand on a laissé durcir le noir dans les tailles, les épreuves qu'on en tire ensuite paroissent foibles, comme si la planche étoit usée.

Debilis & redeat fine fucco & corpore proles :
Ut fæpè immeriti patrios cum fanguine morbos
Accipiunt nati , atque alieno crimine pallent.

Ante * fuam prælo incipiat quàm credere chartam
Scalptor, & impreffis fubjectam animare figuris ,
Providus hanc largo curet perfundere rore :
Nam nifi fit madefacta priùs, multoque liquore
Afperfa , infufum non ebibat illa colorem ,
Nec fibi commiffas reddat puro æquore formas.
Arida fic longo cùm terra induruit æftu,
Si tandem optati defcendant nubibus imbres,
Primùm ægrè pluviam , rorefque admittit amicos :
Verùm ubi paulatim gremio mollita tepenti eft,
Tum verò totas ultrò bibat ebria nubes.

Nec fola imprimitur prælo fubjecta papyrus. * *
Ipfa fuas impreffa dabit membrana figuras
Pergameis advecta locis, ubi nobilis olim
Troja fuit, multos Afiæ dominata per annos.
Ipfa fuas virgata dabunt bombicina texta :

* Il faut tremper le papier avant que de l'imprimer. L'o-
pération doit fe faire le foir pour le lendemain ; quelque-
fois même deux ou trois jours auparavant , fuivant la force du papier & qu'il eft plus ou moins collé.
* * On imprime des Eftampes fur le vélin , & fur des
étoffes de foye : mais la pratique en eft mauvaife. Le feul
papier , & par préférence celui de France, doit être employé.
Le papier de foye fait aux Indes imprime auffi très-bien :
mais outre qu'il eft rare , il eft de plus très-mince , & n'a
pas affez de corps ; ajoûtez à cela , que les Imprimeurs
font peu accoutumés à s'en fervir.

Sed nitidam ante alias, Scalptor, præpone papyrum,
Atque illam imprimis offert quam Gallia mater :
Quanquam quæ pictis per pontum affertur ab Indis
Optima sit, sed rara nimis peregrina papyrus.

    Accipe nunc quânam possis ratione figuris
Illuviem abluere, * & fœdam purgare papyrum.
Scilicet eligitur tempus, quò torridus aër
Æstuat, & steriles incendit sirius agros.
Sordida jam primùm puro super assere charta
Porrigitur, loris & fune adstricta tenaci,
Ne fortè aufugiat ventis ablata protervis.
Tum calidos latices desursùm infundit amica
Terque quaterque manus, tepidoque immergit
    aheno,
Immersamque tenet; donec vitium omne residat
Ima petens vasis, tandemque ærugine pulsâ
Deponat penitùs fœdas charta ebria sordes.
Cùm fuerit purgata satis lustralibus undis,
Jam verso ad solem tergo suspenditur altè
Aera per vacuum, unde exudet inutilis humor.
Humorem bibulus cùm totum expresserit aër ;
Tum geminas inter chartas subjecta, rigenti
Aut premitur plumbo, aut immanis pondere saxi:
Ne si vel cælo, vel liberiore fruatur
Carcere, multiplices trahat inde asperrima rugas,

  * La maniére de laver les Estampes.

C iij

Et partam amittat rugis fœdata juventam.
Hac porrò redit arte nitor fplendorque figuris,
Et renovata fuum reparant fimulacra decorem :
Ut multo poſtquam defcendit Jupiter imbre
Conjugis in gremium ; primum madefacta refumunt
Rura decus ; nemus omne viret ; depreſſa refurgunt
Gramina ; fol radiis recreat melioribus agros,
Atque adeò novus exoritur mirantibus orbis.

    Præterea * modus haud fimplex reparare figuras,
Et chartæ revocare decus , primumque nitorem :
Verùm omnes non fert animus comprendere verfu ;
Cùm neque per tempus liceat , neque tenuia rerum
Pierio admittat majeſtas carmine digna.
Ut tamen artifici liceat moremque modumque
Ufurpare alium , fi non arriferit alter ,
Infuper unum addam. Cùm ferus lumina vefper
Accendit , totoque nitent jam fidera cœlo ;
Planitie in mediâ nudoque fub-ætheris axe
Effigies fcalptor deponit , & humida noctis
Frigora ferre jubet , riguique liquamina cœli.
Cœleſtem bibit humorem madefacta papyrus,
Et lacrymas, Aurora, tuas gremio excipit udo.
Mane recens humiles cùm fparget lumine terras

---

* L'autre maniére de laver les Eſtampes , eſt de les ex-
pofer à la rofée , comme on fait pour blanchir la cire &
les laines.

Flammivomis fol vectus equis , rorem exprimet
    omnem ,
Et fordes cum rore fimul difperget in auras.
  At fi fortè tibi maculavit fepia chartam ;
Alter erit purgare modus , * maculafque nocentes
Tollere & ingratas omninò abftergere fordes.
Nimirùm tenui quâ parte afperfa papyro
Sepia contaminat nativâ labe figuram ;
Guttatim fcalptor mordax infundat acetum
Solerti dextrâ : nec longum tempus, & ecce
Diffolvet labem virtus innata liquoris ;
Ut cera admoto propiùs diffolvitur igne
Et fluit in rivos. Verùm ne fortè papyrum
Abfumat fimul immeritam penetrabilis unda;
Atque ipfo medicina malo fit pejor ; amicos
Infundat rores fcalptor ; tum fingula velo
Subtili abftergat prudens , undamque bibaci
Exprimat è chartâ : tenues fic ibit in auras
Sepia, fic niveum candorem pura refumet
Membrana, & formis fpecies primæva redibit.

  * La maniére d'ôter les taches d'encre.

SCALPTURA

CARMEN.

LIBER SECUNDUS.

UNC age, difce memor, quantis fe jactet alumnis,

Et quas imprimis dotes fcalptura requirat

Eximio artifici, decus immortale parare

Quò poffit, quondamque virûm volitare per ora.

Hanc etiam, Thymbræe pater, bonus afpice partem,

Atque iterùm gravibus præfens allabere curis.

Scalptores per te liceat celebrare peritos,

Quos omnis regio, quos omnis protulit ætas,

Et verbis æquare decus, totùmque per orbem

Nobilibus tantam virtutem extendere dictis.

Munia, nec dotes fibi vult ars omnis eafdem*,

Ipfa alias Pictura, alias Scalptura repofcit.

Pictorem decet ingenio pollere fagaci.

Sit præfertim oculorum acie, ** dextrâque potenti

---

* Qualités néceffaires à un Graveur.
** Qu'il ait l'œil jufte & la main fûre,

Inſtructus ſolers opera ad manuaria ſcalptor:
Et veluti cui dextra riget, cui frigida languent
Lumina, chirurgus metuit contingere ſcalprum,
Nec ſalientem audet palpando incidere venam:
Sic cœlum prudens opifex tractare recuſet,
Et duro ingratas incidere in ære figuras,
Si ſegnes frigent oculi, ſi plumbea torpet
Dextera: non mancos, cæcoſve admittit in uſum
Artifices Scalptura, manus oculoſque requirit.

   Noverit imprimis ſcalptor tolerare laborem
Fortiter, * & laudum illectus mercede ferendâ
Ære cavo læves paulatim abſolvere formas.
Ipſe equidem multos vidi non poſſe laboris
Tædia ferre diu; ſed vix arrepta futuri
Inſtrumenta operis ſcalprum limamque feroces
Projicere, aut cæcis ultrò damnare tenebris.
At tibi, quem tacito ſtimulat ſub pectore virtus,
Seraque victurum quæris poſt ſæcula nomen,
Aſſiduâ ſit cura manu limare figuras,
Cura ſit uſque novum ſcalptis decus addere formis,
Et magis atque magis mutas animare tabellas.
Tempus erit poſito cùm tu lætabere ſcalpro,
Impenſique laboris erit meminiſſe voluptas:
Ut multas poſtquam exegit nocteſque dieſque
Inſomnes feſſus condendo in carmine vates;

* Un grand amour pour le travail.

Cùm tandem est omni liber curâque solutus,
Tunc hilaris frangit calamos, gaudetque tuendo
Ingenii fœtum, & se se miratur in illo :
Aut veluti fœtâ pondus cùm fudit ab alvo,
Optatâque domum florentem prole beavit
Fœmina, præteritos gaudet revocare dolores;
Et blandum gestans ulnisque sinuque puellum,
Oscula dat roseis dat basia mille labellis,
Et prole in tenerâ defixa obtutibus hæret.

Æthereos natura licet tibi parciùs ignes,
Particulamque brevem divinæ afflaverit auræ :
Scalpturam exercere tamen, famamque perennem
Sperare haud vetitum, *Graphidis* modo noveris artem
Apprimè, * & longo sis ritè exercitus usu.
A teneris ergò unguiculis, primâque juventâ
Et graphium tractet scalptor, cretamque tenacem,
Et jam tum incipiat puro super æquore chartæ
Imbelli formare manu digitosque, pedesque,
Et patulas aures, oculosque, levesque capillos,
Parva rudimenta & magnæ præludia scenæ.
Optima sic puero primis jam mater ab annis
Sufficit eximios fidiumque lyræque magistros,
Et plectrum pulsare jubet, citharamque sonantem,
Cùm vix lingua valet blæsas malè reddere voces;
Scilicet ut postquam plenis adoleverit annis,

* Qu'il sçache bien dessiner.

Argutis rapiat bibulas concentibus aures ,
Et matris tacitum pertentent gaudia pectus.

Immortale etiam nomen sperare licebit ; *
Si veterum quæ multa virûm monumenta supersunt,
Ære cavo expressa, & chartæ commissa fideli,
Sedulus observes , studioque imitere sagaci ,
Eximios relegens noctuque diuque magistros ,
Quos totum fæcunda tulit Scalptura per orbem ,
Et docili monstrata sequens vestigia gressu.
Sic celebres inter famam sibi condere vates
Qui gestit , doctæque adipisci præmia frontis ,
Scriptores priùs Aonios , quos prima tulere
Sæcula , Nasonem , & Flaccum , diumque Maronem
Nocturnâ versare manu , versare diurnâ
Curat, & antiquis multùm impallescere chartis.
Hinc vigor accedit scriptis , hinc mascula virtus ,
Hinc lætæ veniunt condenda ad carmina vires.

At multi propriâ freti virtute , ** figuras
Quas ipsi invenere priùs dein ære nitenti ,
Effingunt habilesque manu ingenioque valentes.
Porrò illis duplici præcingit tempora lauro ,
Pictoresque inter sedem dat habere Minerva;
Quando quidem grandes agitant sub pectore sensus ,

* L'Etude constante & l'imitation fidelle des grands
Maîtres qui ont excellé dans la Gravure.
** Les Graveurs qui travaillent sur leurs propres desseins.

Et virides utroque metunt simul æquore palmas.

   Talis erat Batavos inter celeberrimus omnes

Vischerius, * quem nulla dies memori eximet ævo.

   Talis erat toto famosus in orbe Calottus, * *

Scalpturæ lumen, quo non præstantior alter

Ridiculas facili formas effingere scalpro,

Et lepidis mutam scenis recreare papyrum.

Eximium quis nescit opus, * * * quo ludicra miris

Induxit portenta modis, stygiisque cavernis

Emissa in lucem varia atque bicorpora monstra.

Vix risum teneas : habet hic fera cornua tauri ;

Hic volucrum pennas ; caudam trahit alter equinam ;

Alter tartareas rapit ad certamina turmas

Immani instructus naso, pedibusque caprinis ;

Hic nuda obvertit petulanti tergora plebi ;

Hic legit & largo velatus fœda cucullo

Tempora, habet monachi gestumque habitumque

     precantis ;

Ille inter flammas alacer, prunasque rubentes,

Accipit, & reddit ventosis follibus auras :

Verùm alter pyrio sparsum cui pulvere tergum,

Et corpus strictis intùs mucronibus horret,

Concipit admoto vivacem fomite flammam,

* Corneille Vischer Graveur Hollandois.

* * Jacques Callot, Auteur original dans tout ce qu'il a
fait. Il étoit Lorrain.

* * * La Tentation de S. Antoine.

Quam ponè accendit ſtygiis è fratribus unus;
Et velut immenſo reboant tormenta fragore,
Ardentem propiùs ſi fortè admoveris ignem:
Sic ille horribili crepitum çum murmure mittit
Undante immixtum fumo, vaſtamque ſub auras
Telorum eructat ſegetem; quâ ſaucius alter,
Obviaque infeſto transfixus pectora ferro
Concidit, & multo fundit cum ſanguine vitam.
In medio dux ipſe Erebi flammantia volvit
Lumina, & enormi ſtygias vomit ore phalanges:
Præcipites cecidere illi velut horrida grando;
Aut veluti in ſylvis avium ſe millia condunt,
Veſper ubi admonuit tandem decedere paſtu.
Intereà ſignoque crucis, fideique potente
Armatus clypeo trepidos Antonius hoſtes
Cogit avernales iterùm remeare latebras,
Præcipitique fugâ ſuperas evadere ſedes.

Et niſi me tempus ſpatiis urgeret iniquis,
Plura Calotanæ referam miracula dextræ,
Quæ tenui quondam deſcripſit acumine cœli:
Sed me doctorum circumfluit undique turba
Artificum, blandæque petit præconia laudis.
Primus adeſt triplici præcinctus tempora lauro,
Qui primus ſcalptis vitamque animamque figu-
    ris
Indidit, & mutam juſſit ſpirare papyrum

Albertus [1] cælum pariter calamofque peritus

Tractare & formas auro cælare rigentes :

Quem greffu propiore premunt & calce fatigant

Bolfverti fratres [2], Paulufque [3], & uterque Ma-
thanus [4],

Vandalenus [5], Gallufque fimul [6], facilifque Marinus [7],

Et cùm Rembrano [8], Mullerius [9], & Sadele-
ri [10],

Quorum femper honos, nomenque, decufque ma-
nebunt,

Nec meritas laudes ætas ventura tacebit.

At quis ferali redimitus mœfta cupreffo

Tempora, fe fe alios inter fpectabilis offert,

---

1 Albert Dure, de Nuremberg, habile Orfévre, bon Peintre, excellent Graveur, fut le premier qui donna aux eftampes cette perfection qu'on remarque dans fes ouvra-ges & qu'on ne connoiffoit pas encore

2 Scheldt, Adam, & Boëce Bolfwert, tous trois freres, & Flamands. Les deux derniers n'ont pas eu les rares talents du premier pour la Gravure, ils font cependant mis au nombre des habiles Artiftes.

3 Paul Pontius, Flamand.

4 Jacques & Théodore Mathan pere & fils, Hollandois.

5 Corneille Vandalen, Hollandois.

6 Corneille Galle, Flamand.

7 Marinus, Flamand.

8 Rembrandt-Van-Ryn, Hollandois.

9 Jean Muller, Hollandois.

10 Jean, Raphaël, & Gilles Sadeler, Flamands Ce der-nier fut neveu & difciple des deux premiers qu'il furpaffa par la correction & la févérité de fon deffein, par le goût & la netteté de fes Gravures.

Et trepida imbelli firmat veftigia greffu?

Te te ipfum agnofco, Luca, * quem flore juventæ

Barbara mors raptum merfit ftygialibus umbris.

Spargite, Pierides, fletus : fi quà afpera fata

Rupiffet, potuit reliquos fuperare, nec ullo

Belgica fe tantùm tellus jactaffet alumno ;

Quamvis eximios tulerit fœcunda magiftros,

Vifcherium imprimis dictum modò, ** nec fatis

    unquam

Dicendum : nam fic difcrimen lucis & umbræ

Ponere doctus erat, tenerafque effingere carnes ;

Ut quæcunque cavo folers defcripfit in ære,

Peniculo, variifque impreffa coloribus effe

Dixeris, atque adeò telæ commiffa fideli.

  Sic pofitam ante focum vetulam defcripfit, *** &

    igne

Verfantem pingues unctâ fartagine quadras,

Confectum pomis libum, mollique farinâ,

* Lucas, dit de Leyden, de Leyde en Hollande d'où il étoit natif. Un épuifement caufé par un travail trop opiniâtre enleva ce grand homme à la fleur de fon âge. Ses plus belles piéces font l'*Ecce Homo*, le Calvaire, & la Magdelaine danfant avec fes compagnes de plaifirs dans une agréable campagne : tout cela fur fes propres deffeins.

** Corneille Vifcher, avec l'aide du feul noir & du feul blanc, & par une heureufe combinaifon de tailles eft parvenu à faire fentir la véritable couleur de la carnation.

*** La Femme Hollandoife qui fait des beignets, de Corneille Vifcher fur fes propres deffeins. C'eft moins une eftampe qu'un tableau.

Et mixtum arvinâ pingui, menfifque fecundis
Apponi folitum, dum Bacchanalia fervent.
Affidet hinc lateri blandus puer, indè maritus;
Arreptam hic tubulo prunam admovet, unde falu-
          bres
Attrahat & reddat certo difcrimine fumos.
Spectat inexpletus preffo puer ore placentas,
Quas blando nidore fimul, gratoque colore
Illectus vacuâ jam dudùm vellet in alvo
Condere : verùm obftat tacitæ reverentia matris,
Et dura indicit mœfto jejunia ventri.

     Quid reliquas memorem quas finxit in ære fi-
          guras ?
Spirat ubique lepos, decor & nativa venuftas.
Haud tamen eximium fine laude relinquere felem
Suftineo, * egregiufquem Sculptor carpere fomnos
Finxit, & immotum placidæ dare membra quieti;
Dum levis hinc illinc totâ mus curfitat æde,
Apponens lucro tempus, fomnofque faventes.
Exemplum indè trahat pictor, fi pingere felem
Sufcipiat, talemque velit defcribere telâ ;
Ufque adeò tenuefque pilos, fetafque comantes,
Et barbam, & pellem fallax imitatur imago :
Et nifi me deludit amor, ftudiumque periti

     * Le Chat qui dort. Cette eftampe eft frappante, & fem-
ble avoir été tracée plutôt avec le pinceau qu'avec le burin.
                                   Artificis,

Artificis, verum credas te cernere felem.

Talis fæpè meos nocturno tempore fomnos

Turbat, & ingratam cogit traducere noctem;

Dum rauco in tectis ftrepitu fera prælia mifcet,

Aut feftos agitat difcordi murmure ludos.

    Tu quoque carminibus meritò celebrabere noftris

Vifcherii frater * non inferiora fecute.

Cernis, ** ut in tenui defcripfit ritè papyro

Agreftis turbæ lufus, geftufque facetos.

Apparet viridi congeftum cefpite culmen:

Stat medio pofitus nudo fuper affere crater

Lætitiæ dator, & fpumanti plenus Iacco.

Rufticus hinc pulfat citharam, plectrumque Palæ-
    mon;

Illinc deformis cum Nifa faltat Iolas,

Et lævâ ad tergum versâ malè pexus Adonis

Vix terram tangit pedibus, cubitoque reflexo

Pulchram offert Nifæ dextram; dextram illa re-
    cufat,

Et Therfite licet fit fœmina turpior ipfo,

Affectat veneres, & vult formofa videri.

Utrofque haud procul hinc faltantes ruftica turba

Spectat, & enormem rifu diducit hiatum,

Oftendens fœdos fcabrâ rubigine dentes,

    * Jean Vifcher frere de Corneille, Graveur Hollandois.
    ** Un divertiffement de Payfans d'après le tableau de
Bergliem Peintre Hollandois.

                                D

Et turpi linguam faltantem hinc indè palato.
Partè aliâ immanis ftomacho latrante Menalcas
Furfurei panis fragmentum devorat ingens,
Nec cultrum patiens adhibet ; fed dente molari
Utitur, & panem gingivâ frangit acutâ.
Intereà canis & feles, dùm impunè magiftri
Indulgent genio, meditantur prælia ; & alter
Dentibus infrendet, dorfum irâ concitus alter
Erigit & tectos vaginâ liberat ungues.
Ipfe opere in toto nil poffit carpere livor ;
Tantus ineft fcalptis & honos & vita figuris,
Et mirâ ingenium cum dexteritate relucet.

　　Quid te, Voftermane, * loquar, tenuique papyro
Impreffas rerum effigies ? Mihi ludicra rixa
Agreftùm placet imprimis, * * quibus ira furorque
Præcipitat mentem, ftimulatque in prælia Bacchus.
Non galeâ pugnant, non enfe : fed unguibus ora
Deturpant, preffifque infligunt vulnera pugnis.
Scamna ruunt, volitant petafi, multoque fragore
Præcipitata cadunt cùm totis pocula menfis,
Pocula fed blando jam didùm exhaufta liquore ;
Quorum adeò turbæ facilis jactura bibaci,
Cui liquidum folido vinum pretiofius auro eft.
Ipfa minus gratâ delectet imagine mentem

* Luc Vofterman, Flamand.
* * Un combat de Payfans yvres, d'après le vieux Breu-
ghel : c'eft un de fes plus beaux morceaux.

Res propiùs fubjecta oculis & vifa macello;
Quò fimul ex totâ populi fœx confluit urbe,
Et fæpè adversâ mifcentur prælia fronte.

Nec te præteream, celebris Bloëmarde, * tuos ve
Artifici quondam defcriptos ære labores.
Ludicra feu fingis, feu fingis feria, dextram
Ipfa tibi facilem Pallas rexiffe videtur.
At cum nobilibus tractas divina tabellis,
Tùm verò fuperas te ipfum haud imitabilis ulli.
Quàm juvat imprimis Petrum fpectare loquaci
Expreffum chartâ, cùm plenus numine toto
Æthereas revocare parat fub luminis auras
Defunctam nuper Tabitam, feretroque jacentem.
Spirat in augufto majeftas regia vultu :
Grande aliquid fcires meditari, & frigida velle
Reddere membra fibi, mutumque animare cadaver.
Nec vidiffe femel fatis eft : placet ufque morari,
Et fixis mendacem oculis haurire figuram.

Dum loquor, ecce Italis venit altera turba virorum
Littoribus myrtho frontem redimita virenti,
Et qualis, fi vera fides, fi credere dignum eft
Va ibus, Elyfii latè per amœna vireta
Pluzima pervolitat fine corpore & offibus umbra.

* Corneille Bloëmart, Hollandois. Il eft étonnant que
ce graveur avec une maniére précife & très-finie ait pu
donner autant d'ouvrages que nous en avons de lui.
** La Réfurrection de Thabithe par S. Pierre d'après le
Tableau du Guerchin.

Ante alios magno imprimis fulgore corufcant
Albertus Cherubin [1], Caralius [2], & Frederi-
　　cus [3],
Et Vicus Æneas [4], & prælia fingere doctus
Tempeftas [5], & Villamenes [6], Marcufque Ravena-
　　nas [7],
Æternam fcalpro laudem, nomenque perenne
Promeriti, dignique virûm volitare per ora,
Donec honos fcalptis inerit pretiumque figuris.

　　Verùm omnes longè fuperat cervicibus altis
Ingens Raimondus [8] Tyberinæ gloria gentis,
Qui potuit facili miracula promere fcalpro ;
Cùm reptaret adhuc primis fcalptura fub annis,
Et nondum fuerat totum vulgata per orbem.

1 Cherubin Albert.
2 Jean-Jacques Caralius.
3 Frederic Greuter.
' 4 Æneas Vicus, qui s'eft diftingué dans le commence-
ment du XVI. fiécle.
　　5 Antoine Tempéte, qui a donné une quantité prodi-
gieufe de planches gravées à l'eau-forte, fur tout des batailles & des chafles.
　　6 Fançois Villamene.
　　7 Marc de Ravenne, tous excellens Graveurs Italiens.
　　8 Marc-Antoine Raimondi, de Boulogne, contempo-
rain d'Albert Dure. Ses plus beaux morceaux font Adam
& Eve féduits par le ferpent ; Dieu promettant à Abraham
une nombreufe poftérité ; le Martyre des Innoc ns ; la Ce-
ne ; la Predication de S. Paul à Athénes ; le Parnaffe ; le
Triomphe de Galatée ; tous deffeins merveilleux de Raphaël, & que ce grand Artifte fit exprès pour fon Graveur.

Eximium illud opus teftor, * quod nomine Pin-
    dum

Dixere, & cumulant tam multâ laude magiftri.

Mons ibi verticibus geminis fe tollit ad aftra

Confitus arboribus, tectufque horrentibus umbris.

In medio pulfat citharam crinitus Apollo.

Stant circum doctæ dextrâ lævaque forores.

Ima tenent mixti, turba ingeniofa, poetæ,

Virgilius, Flaccufque fimul, fuavifque Catullus,

Et teneros Nafo quondam qui lufit amores ;

Omnes Phœbeâ velati tempora lauro.

Aft alios inter fublimior extat Homerus,

Et rapit attonitos blandi dulcedine cantûs.

Hunc avidâ imprimis propior bibit aure canentem

Nefcio quis, memorique fibi ne pectore verbum

Aut nullâ pofthac verfus revocabilis arte

Effluat, inftructus calamo dictata magiftri

Excipit attentus vates, digitoque fequaci

Tranfcribit properè, redditque accepta papyro.

Sit plumbum & ftipes quem tot miracula rerum

Non moveant, rigidoque putem de marmore cre-
    tum,

Et lucem invifam glaciali haufiffe fub ursâ ;

* Le Parnaffe piéce exquife, où l'on admire également
la correction du deffein, & la fineffe de l'exécution, & qui
ne fait pas moins d'honneur au Peintre qui en eft l'inven-
teur, qu'au Graveur qui l'a fi bien rendu fur le papier.

Nix ubi perpetuò steriles tegit humida terras,

Et longum pluvius contristat aquarius annum.

At me quem Pindi vel ficta oblectat imago,

Ire juvat, vulgique humiles contemnere cœtus,

Et doctas inter vatum consistere turbas.

Felix Raimondus, * tales si semper in ære

Finxisset rerum effigies, dextramque nocentem

Et scalprum fœdos numquam impendisset in usus;

Obscœnis lamnam haud veritus temerare figuris,

Et dignas tenebris in lucem emittere sordes.

Ingenui fugere joci, fugere lepores;

Horruit ipsa Venus, quanquam minus illa severæ

Sit frontis; fregit pulcher sua tela cupido,

Et multo indignans extinxit lampada fletu.

    Quis vos pro meritis speret laudare, Caracci ? **

Multa quidem vobis debet Pictura : sed ipsa

Non debet Scalptura minùs, lamnâque rigenti

Impressas rerum formas tam suspicit orbis

Admirans, pictas quàm prædicat ipse tabellas.

---

* Marc-Antoine fut assez malheureux pour prêter son burin à des figures obscénes, dont Jule Romain avoit donné le dessein & que l'Arétin avoit animé de vers lubriques, pour en rendre le poison plus dangereux. Le Pape irrité fit mettre le Graveur en prison, & vouloit en faire un exemple · mais quand il fallut prononcer, l'habileté de l'artiste le désarma. Le S. Laurent sur le gril, autre piéce admirable du même Graveur lui valut sa grace.

** Louis, Annibal, & Augustin Carraches. Les deux derniers sont fréres, & cousins du premier. Augustin s'appliqua davantage à la Gravure.

Te loquor imprimis ætate annifque Caracce:
Auguftine minor, meritis fed major & arte.
Nam quid ego Æneamque tuam [1], Martemque
      ferocem [2],
Mercurium ve loquar [3], quos olim induftria lævi
Finxit in ære manus, neque poftera fæcla tace-
      bunt.
Ante alias laudo effigiem de ftipite Chrifti
Pendentis [4], cui fpina caput veprefque cruentant
Horrendùm, cervixque humero defefla recumbit.
Hinc illinc plebs denfa fui monumenta doloris
Ingeminat, pugnifque nocentia pectora tundit.
Præfertim flet mœfta parens & percita luctu
Abnegat extincto vitam producere nato.
Perculfos tam dira movent fpectacula fenfus,
Et fluit ex oculis lacrymarum plurimus imber.
Ipfe ferox nequeat fletus retinere cadentes
Sarmata, claufa licet rigido præcordia ferro
Gefferit; aut triplici munitum robore pectus.
   Ne tamen invideas fraternis laudibus, ingens
Annibal [5], ad feros etiam tua fama nepotes

1 Enée qui fort de Troye chargé de fon Pere Anchife
& fuivi de fon Epoufe, d'après le Baroche.
  2 Mars chaffé par Minerve, d'après le Tintoret.
  3 Mercure avec les trois Graces, d'après le même.
  4 Un grand Crucifiement en trois planches, d'après le
même: c'eft la plus belle piéce d'Auguftin.
  5 Annibal Carrache frere ainé d'Auguftin, n'a gravé
que quelques morceaux; mais ils font parfaits: témoins

Ibit & in toto nomen celebrabitur orbe.

Tyndaridæ cœlo pariter duo sidera fulgent.

Laudatur magnus Remo cum fratre Quirinus,

Et geminam frontem communis laurea cingit.

   Eximium meritis extollat laudibus ipsa

Artificem Pallas, * qui plenus robore quondam

Et nervis, rutilo sic finxit in ære triumphum,

Victor Constantine, tuum, ** clademque Tyranni,

Quò toto nusquam orbe fuit studiosior alter

Invisam ferro & flammis exscindere gentem

Christiadum & veri subvertere Numinis aras.

Jam pugnæ increpuit feralis buccina signum.

Immixtæ coëunt acies ; seges horrida latè

Armorum effulget, clypei, galeæque minaces.

Idem omnes simul ardor agit : per tela, per ignem

Contemptor lucis cæco ruit impete miles,

Et cœsim punctimque ferit discrimine nullo.

Hic volucrem mittit nervo stridente sagittam,

Alteriusque citâ transfigit arundine pectus :

Ancipitem gladium rotat ille & pendet in ictum

le Siléne couché avec deux Satyres & deux Enfans, appellé
la Tasse d'Annibal ; le Christ mort, gravé à Caprarole ;
la Susanne avec les deux Vieillards, & cet admirable Couronnement d'épines qu'on ne peut se lasser de voir & d'admirer.

   * Pierre Aquila très-bon Graveur, Italien.

   ** La bataille de Constantin contre le Tyran Maxence,
gravée en trois planches, d'après Raphaël, L'ouvrage est
plein de force & d'expression.

                                  Arduus

Arduus ; at totis annixus viribus alter
Pulſum hoſtem deturbat equo, ſedemque repentè
Occupat, & ſellâ ſedet ambitioſus in altâ.
Ante alios rutilo Cæſar diademate cinctus
Exemplo præit & verbo, pugnamque laceſſit,
Vincendi certus Chriſto duce & auſpice Chriſto.
Alternata diù nutat victoria pennis ;
Dant animum plagæ ; pudor additus excitat iras,
Et novus indomito ſub corde renaſcitur ardor.
Ut cùm lethale immanis fera corpore telum
Admiſit, proprioque cruentos ſanguine vepres
Conſpicit, in rabiem extemplò converſa, piliſque
Arrectis dorſo, ſylvas rugitibus implet ;
Itque reditque viam ; furit, æſtuat, ardet, anhelat,
Raraque fulmineo diſrumpit retia dente.
Sic odiis utrinque ruunt furialibus acti,
Mutuaque alternis infligunt vulnera dextris.
Tùm verò gemitus morientum : ululatibus æther
Perſonat horrificis, reboat conterita tellus ;
Et medios inter confuſæ cædis acervos
Eluctatus iter violento murmure Tybris
In mare præcipites volvit cum ſanguine fluctus.
At tandem pugnæque modum finemque labori
Res inopina tulit : nam dum Maxentius hoſtem
Urgentem fugit, & ſe ſe ſubducere curſu
Nititur, atque adeò pontem tranſmittere tentat

E

Qui tyberim jungit ; fubitò compage folutâ

Lignorum , ecce tibi pons frangitur , atque ruinam

Cum fonitu trahit ingentem. Volvuntur in imum

Quadrupedes , equitefque fimul : rapidum ipfe Ty-

　　rannus

Decidit in Tyberim præceps , & vortice raptus

Flumineo vitam mediis effundit in undis.

　.Nam quis te tacitum , celebris Martine * , relin-

　　quat ,

Innumeras doctum fpatio breviore figuras

Ponere & exili multùm comprendere chartâ.

Nimirùm pictam fi redderet ille tabellam

Ære cavo , formas punctim attenuando , gigantas

Noverat in nanos mutare , in fila rudentes ,

Ædes in cafulas , in tenues grandia lembos

Navigia, expanfis quos parvula mufca volando

Contegeret pennis , & guttula mergere poffet.

Extremum fic ille diem , ** mundique ruentis

Funera , quæ vafto Michaël fub fornice tecti

Pinxerat , in parvâ defcripfit ritè papyro ,

Aligerûm ingentes turmas , atque agmina mille ,

Et ftygias acies angufto limite claudens :

Sic tamen , ut membris maneant difcreta locifque

　　* Martin Rota , autre Graveur Italien.
　　* * Le Jugement dernier peint par Michel-Ange dans la
Chapelle de Sixte , & gravé en petit pat Rota eft mis par les
connoiffeurs au rang des Chefs-d'œuvres , que la Gravure a
enfantés.

Corpora & in toto regnet pax æquore chartæ.

Sed nova quæ noſtris ſe turba obtutibus offert,
Et reliquas ſuperat numero ac ſplendore? Potentem
Aſpicio patriam, claræque inſignia gentis
Lilia, mixta roſis & circùm Sparſa capillos.
Salvete ingentes animæ, maneſque verendi,
Quos olim enixa eſt felici Gallia partu.

Primus adeſt magnâ artificum comitante catervâ
Audranus 1, ſublime caput cui circulus ambit
Aureus, & ſummo fundit de vertice lumen.
Plurimus hunc circùm pennâ leviore per auras
Colludit Genius, tantoque ſuperbus honore,
Fert quæcunque olim felici credita chartæ
Divinus rigido deſcripſit ſcalptor in ære.
Hîc volucri ſubvectus equo furibundus in hoſtem
Fertur Alexander 2, ſequitur dum cætera pubes,
Et medios inter facto ruit impete fluctus.
Illîc imbelles toto fugat æquore Perſas 3,
Terribili armatus gladio, clypeoque ſonanti.
Victricem hinc Regi dextram Rex porrigit 4; il-
       linc

Sublimi elatus curru Babylona ſuperbam

---

1 Gerard Audran dont on a déja parlé, a gravé d'a-
près M. Le Brun.
2 Le Paſſage du Granique.
3 La Bataille d'Arbelles.
4 La Défaite de Porus.

E ij

Ingreditur victor * , domitoque ex hoste triumphat.

Bruni , plaude tibi; si dignum repperit olim
Æacides vatem juvenis, qui grandia versu
Facta celebraret , doctum tibi Gallia mater
Obtulit Artificem, summâ qui redderet arte
Ingenii monumenta tui, tantùmque decorem
Afferret, quantum præstavit Homerus Achilli.

    Te decus immortale manet , Gasparde , * * tuusque

Vivet in æternùm expressus labor ære nitenti.
Progeniem testor Jephtes , * * * quam nobilis olim
In telâ finxit Pictor; stat debita Virgo
Hostia & ardentes oculos ad sidera tollit,
Certa mori , fusoque Deum placare cruore.
Circùm illam lugent comites : tenet altera lævem
Amplexata manum, repetitaque basia figit;
Altera Reginam stringens os admovet ori ,
Et niveo dulcis de collo sarcina pendet :
Utraque dicit , *amo*, gestuque oculoque loquaci.
Jam positis aræ manibus dolet ipse Sacerdos,
Et tentat precibus si possit flectere Numen.

    * Le Triomphe dans Babylone. Bien des gens font plus
de cas des Estampes que des Tableaux mêmes , qui font
cependant de la main d'un Grand Maître & d'un des plus
habiles Peintres qu'ait eu la France.
    * * Gaspard Duchange.
    * * * Le Sacrifice de Jephté , d'après Antoine Coypel.

In medio sparsus lacrymis, mentemque dolore

Ingenti pressus, temeraria vota refutat

Infelix pater & cœlum incusare videtur.

Qui pulchram siccis nequeat spectare tabellam

Luminibus, pariter nequeat spectare papyrum;

Tam bellè pictas reddit Scalptura figuras,

Et vivum exemplar solers imitatur imago.

Quò me, ingens Picarde, * rapis? Tibi multa de-
centem

It circùm frontem laurus; te tollit in altum

Gloria; te rutilo Pallas diademate cingit.

Da mihi peniculum, vivos mihi, Musa, colores

Suffice, ut egregio possim describere versu

Egregium illud opus, ** quo dirâ peste necatos

Raptores arcæ Isacidum descripsit in ære.

Hîc capite abscisso manibusque à corpore truncis

Eversa apparent vasti simulacra Dagonis.

Miratur subitam plebs circùm effusa ruinam,

Et dolet eversum majori Numine Numen.

Exprimit eximiè charta ingeniosa dolorem.

Haud procul hinc æger, quem devorat arida febris,

---

* Etienne Picart, dit le Romain, & pere du célébre
Bernard Picart.

** La peste des Philistins, d'après le Poussin. Son Tableau est l'expression fidéle des paroles mêmes de l'Ecriture.
Liv. I. des Rois. Chap. 5. L'Estampe une imitation parfai-
te du Tableau; & la description qu'on en fait ici une ima-
ge vraie & fidéle de l'Estampe.

Et Miferos fenfim tabes depafcitur artus,
Stat cubito innixus, ftupidifque obtutibus hæret,
Infandum ! macies deformat lurida pellem,
Et fedet in vultu jam plurima mortis imago.
Pallorem vultûs imitatur pallida charta.
Parte aliâ jacet extinctus cum matre puellus,
Et fœdam exhalant longè latèque mephitim.
Diffugere procul noti, aut accedere fi quis
Fortè audet propiùs ftudio curâque videndi,
Antè fibi geminas nares occludit, & oris
Spiramenta tenet cautus ; ne livida peftis
Afflatu diro noceat, tetroque vapore
Infpirent mortem dilapfa cadavera tabo.
Ipfe fibi metuit fpectator, & obftruit ora.
Nec minùs intereà totam trepidare per urbem
Irato immiffi cœlo, gens improba, mures,
Omniaque immundi tactu fœdare protervo.

At quænam illa viris audet concurrere virgo,
Floribus & myrtho teneros ornata capillos.
Bozonetam agnofco Stellam*. Turba omnis Amorum

---

* Claudine Bouzonnet Stella niéce de Jacques Stella
Peintre des plus gracieux. Outre plufieurs grands fujets
que cette illuftre fille a gravés d'après le Pouffin, tels que
font le Moïfe fauvé, le frappement du Rocher, le Calvaire, le Boiteux guéri à la porte du Temple ; la Gravure
lui eft encore redevable de cette agréable fuite de jeux d'enfans, & de ces aimables Paftorales qui offrent des Tableaux
fi naïfs, & fi fatisfaifants des occupations & des amufe-
mens innocens des gens de la campagne.

Affurgat, pronâque fimul cervice falutet
Egregiam artificem, & meritos impendat honores.
Non erat illa gravi prægnantem ftamine fufum
Ducere, nec molles percurrere pectine telas
Imbelles affueta manus, fed fingere læves
In chartâ formas, mutamque animare papyrum.
Sic Mofen, * rigido quondam defcripfit in ære
Explentem potu Ifacidas, quos enecat æftus
Jam dudùm longo feffos errore viarum,
Igneaque ardenti torquet fitis ora palato.
Hîc latices juvenis fifsâ de rupe cadentes
Excipit, & rivis implet falientibus urnam.
Expanfis alter manibus, fimilifque ftupenti
Spectat inexpleto rorantia lumine faxa,
Et flexis genibus divinum Numen adorat.
Non procul hinc limphas avido bibit ore fequaces
Alter, & impatiens pleno fe proluit hauftu;
Et veluti timeat, ne quis fortè improbus urnam
Auferat è manibus, ftringit complexibus arctis.
Pingitur ipfa fitis vultu geftuque diferto.
Parte aliâ canifque fenex, barbâque verendus
Auxilium implorat, vultufque ad fidera tollit,
Unde expectat opem, rebufque levamen in arctis.
Cætera turba jacet magno confecta dolore,
Nec potis eft haurire cavas quibus indiget undas.

* Le Frappement du Rocher dont on a déja fait mention.

E iv

Flebile nefcio quid fpirat lacrymofa papyrus,

Nec mentem magis ipfa meam Pictura moveret.

   Quid reliquos memorare velim quos Gallia quon-
     dam

Artifices tulit? Ante diem nox humida claudat,

Præcipitique rubens Titan decedat Olympo,

Singula quàm poffim comprendere nomina verfu.

Vivent Polliaci 1 , vivet Caftellus 2 , & ingens

Nantolius 3 , mufis pariter gratufque Minervæ;

Quippè cavas poterat nunc lamnâ effingere formas,

Nunc hilares facili verfus effundere venâ,

Alternâque manu calamos fcalprumque tenere.

Vivet Edelinkus 4 , toto memorabitur orbe

Spierius 5 , vultufque habilis fimulare papyro

Drevetus 6 , & plures alii , quos mufa relinquit

Invitè , nullo donatos munere thuris.

   Quanquam , ô , quis meritas tibi deneget optimè
     laudes

1 François & Nicolas Poilly , d'Abbeville.

2 Guillaume Chafteau , d'Orleans.

3 Robert Nanteuil , de Rheims ; qui au talent fingulier qu'il avoit pour la Gravure, & fur tout pour le Portrait , joignoit encore un goût marqué pour la Poëfie.

4 Gerard Edelink , d'Anvers.

5 Pierre Drevet , de Lyon.

6 François Spierre , de Troyes. La France a produit outre cela une infinité d'autres excellens Graveurs ; tels que font François Chauveau , Jean le Pautre , Sébaftien Le Clerc , Charle Simoneau , Benoît Audran , Louis de Chatillon , Nicolas Robert , Abraham Boffe , Pierre Lombard , Pierre Daret , Guillaume Vallet , Louis Roullet , &c.

Scalptor *, & illud opus taceat * *, quo scilicet,
    ægros
Sanantem verbo Christum, morbosque fugantem
Ære laborasti? Manibus date lilia plenis
Sequanides Nymphæ, myrthoque ornate peritum
Artificem, & virides unà conjungite lauros.
Quid primum extremum ve loquar? Nempe omnia
    mentem,
Et blandâ attonitos rapiunt dulcedine sensus.
Hîc junctis manibus quâ fas est voce precatur
Omnipotentem æger vitæque necisque datorem.
Illîc plena fide, & submisso corpore prona
Extremum chlamidis limbum tibi fœmina, Christe,
Tangit & optatam sperat fluere inde salutem;
Dùm vectus lecticâ alter, vilique grabato
Nititur in se ipsum Domini convertere vultus,
Unde sibi vegeto redeant in corpore vires,
Et primum reparent languentia membra vigorem.
Intereà Christus quo vultu spumea quondam
Æquora placabat, Febres morbosque relictis
Corporibus dare terga jubet, relevatque jacentes
Alloquio, & facili dispensat munera dextrâ.
Spectator picturam inter, chartamque fidelem

---

* Louis Desplaces un des meilleurs Graveurs du dernier
siécle. Sa touche est libre & son burin moëlleux.
* * Notre Seigneur guérissant les malades d'après le Tableau de Jouvenet.

In medio judex positus, suspensus & anceps

Hæreat, utra suos primùm mereatur honores.

Ut cùm purpureum nubes densissima solem

Excipit in se se, & transfusos colligit ignes;

Nec mora sol micat orbe novus, Medusque Sacer-
    dos

Hæret inops animi, cui debita thura vaporet.

   Parcite, Scalptores, quos nondùm lumine cassos

Abstulit atra dies, & ineluctabile fatum,

Nomina si taceam vestra, egregiosque labores.

Invitus taceo : sed nulli impendere laudem,

Judice me, longè præstat, quàm lædere quemquam

Indictum, reliquis multâ cum laude vocatis.

Tot pulchræ rerum effigies, quas vestra cavato

Finxit in ære manus, meliori voce loquentur,

Atque olim sublime ferent in sæcula nomen.

SCALPTURA

C A R M E N.

LIBER TERTIUS.

JAM varios Scalpturæ ufus & commoda dicam.
Doctorum Mufæa virum , Villas que nitentes
Exornat [2], pulchrifque novum decus ædibus affert,
Et feffum recreat Dominum [3], curafque refolvit.
Ecquid enim mentem laxare potentius ægram ,
Atraque follicitæ depellere nubila frontis ,
Quàm .nunc è fummo [4] labentem vertice rivum
Profpicere, ac leni ftringentem flumine ripas

[1] Les avantages de la Gravure & fes differens ufages.
[2] Elle orne les appartemens & les cabinets.
[3] Elle offre aux yeux les objets les plus riants & les plus capables de fatisfaire la curiofité.
[4] Les Payfages.

Umbriferas inter myrthos, aut glauca falicta :
Nunc maris irati fluctus, undamque frementem,
Securo fpectare loco, fcopulofque fonantes,
Et velut è portu tumidam ridere procellam :
Nunc oculos viridi fylvarum pafcere fcenâ ,
Et patrios mediâ vel in urbe invifere campos:
Nunc [1] tenui tantùm chartâ duce & aufpice chartâ
Immenfum peragrare orbem, terrafque jacentes ,
Longinquofque maris ftractus, æquorque profundum:
Nunc [2] fursùm rutilos aftrorum errare per orbes ,
Sidereas luftrare domos flammafque vagantes,
Atque adeò medias inter difcurrere ftellas ,
Ut quis in ingenti fecurus obambulat urbe;
Nunc [3] quidquid tellure fuper, tumidifve fub undis,
Aëre vel medio vitali pafcitur aurâ
Spectare, alituum omne genus, genus omne ferarum;
Quadrupedum varias fpecies, pardofque, tigrefque ,
Et pictas maculis lynces, grandefque camelos ;
Serpentefque atros , immenfaque corpora cete :
Qualia fæpè procul pelago confpecta patenti
Incuffere metum nautis, dum cærula verrunt

Æquora cum fonitu, atque expirant naribus undas.
  Quid plantas loquar omnimodas [4], & germina mille,

1 Les Cartes Géographiques.
2 Les Cartes Aftronomiques.
3 L'Hiftoire naturelle des Animaux de toute efpéce.
4 Des Plantes.

Quæ dives Scalptura oculis mirantibus offert ?
Non plus innumeris diſtincti floribus horti
Aſpectus placeat ; quamvis multoſque colores
Explicet , & gratum latè diffundat odorem.

　Hinc porrò juxtà valles & pinguia culta
Sanclovii , tumidos quà volvit ſequana fluctus,
Et rapido in magnum curſu delabitur æquor ;
Vir fuit hortorum cultor, Floræque ſacerdos,
Quondam aulâ immerſus, juveni dum corpore ſanguis
Fervebat calidus, nec dum maturior ætas
Conſilium dederat ; nunc uſu edoctus & annis
Æternum tandem ingratæ valedixerat aulæ ;
Et ſolo jam tùm captus virtutis amore,
Urbano procul à ſtrepitu , & popularibus undis
Dulcia privatæ peragebat gaudia vitæ,
Multa dolens cæco rerum quos turbine raptos
Aula teneret adhuc, crebris fœtum aula procellis ,
Naufragiiſque frequens , ſcopuliſque latentibus
　　æquor :
Ut multùm ventis & tempeſtatibus actus ,
Si tandem emenſo pelagique viæque labore
Optatos vector potuit contingere portus ;
Nec Mora præcipiti ſe librat ab æquore jactu ,
Et cupidis lætam tellurem amplectitur ulnis ;
Illorum ex animo ſortem miſeratus iniquam ,
Quos patriâ tellure procul mare dividit ingens ;

Et nondum tutâ portus statione recepit.

Ergò inter culturam agri partitus, & inter

Ingenuas artes placidi novus incola ruris

Pristina lugebat veteris commercia vitæ,

Et multo amissum reparabat fœnore tempus,

Nunc lætam spargens plantis sitientibus undam,

Nunc scalptas rerum effigies, tenuique papyro

Impressas relegens, veterum monumenta virorum ;

Quæ tenuis passim decorabant atria villæ,

Aureis ad muros clavis affixa decenter

Ordine quæque suo, & vitri munimine tecta.

Nam quamvis prudens rerum ac subtilis amator

Peniculi multi faceret, cœlique labores,

Scalpturæ tamen antè alias ardebat amore,

Quæ plura offerret spatio simulacra minori,

Et statuas posset, posset supplere tabellas.

Mane novo flores ibat visurus amicos ;

Rursum invisebat flores, cùm fervidus æstu

Sol medium cæli cursu transcenderat axem :

Denique noctivagos cùm luna accenderet ignes,

Tunc iterùm ad flores, iterùm revolabat in hortos.

Ast idem, affixum lecto si dira podagra,

Aut laterum dolor, aut tussis retineret anhela,

(Quippe epulis quondam exactæ noctesque diesque

Tot gravia attulerant ægris incommoda membris)

Multiplices florum species quas scalpserat ipse,

Afferri fibi curabat, calthamque rubentem,
Liliaque, & violam, & ferrugineos hyacinthos:
Et fic ingrati fallebat tædia lecti,
Spectando fictos, naturæ imitamina, flores;
Quos neque lædit hyems, nec prægravat aufter aquo-
    fus,
Nec rapidi exurit metuenda potentia folis:
Aft etiam immortale decus per frigora fervant,
Cùm toto Boreas mifcet fera prælia cælo,
Et flatu horribili nemorum populatur honores.

   Hinc alii advectas ipfo ex oriente columnas
Penfilibus gemmis decorent, aurumque fuperbis
Parietibus flavum apponant, ebenove fragranti
Incruftent multâ arte domos; ante omnia verò
Ornamenta mihi placeat defcripta papyro
Effigies rerum, & vitreis munita tabellis;
Unde novus veniat formis decor atque venuftas,
Nec fordem ingratam trahat indefenfa papyrus,
Si fuerit fumo, mufcisve objecta protervis.

   Quò te cunque igitur trahat imperiofa cupido;
Mille voluptates, minimoque labore parandas
Sufficiet Scalptura tibi. Si prælia Martis *,
Si te bella juvant; bella offeret, horrida bella.
Hiftoriæ largos fontes ** & amœna fluentà
Si fequeris; Scalptura fitim reftinguet abundè.

* Les Batailles.
** Les fujets d'Hiftoire.

Si magis arrident sublimibus alta columnis
Atria [1], & immensæ camerato fornice moles ;
Præstŏ aderit Scalptura tibi, cognataque cœlo
Culmina subjiciet, chartâ descripta fideli.
At si solemnis placeant spectacula pompæ [2];
Solemnis Scalptura tibi spectacula pompæ
Offeret. Hîc longo procedunt agmine cives
Suffusi lacrymis oculos, & Principis ægri [3]
Supplicibus repetunt votis precibusque salutem.
Argutis pulsus resonat singultibus æther,
Et flammis latè lucent feralibus agri.
Illîc unanimi fremitu plausuque faventum
Ingreditur mediam victor Lodoïcus in urbem [4];
Quem circùm se se agglomerat, studioque videndi
Plebs effusa ruit, certatque ostendere amorem.
Ille inter proceres curru sublimis in alto
Apparet, formâque viros supereminet omnes.
Turba ingens sequitur, pueri innuptæque puellæ,
Maturique senes : at fulvæ nimbus arenæ
Tollitur, & solem cæcâ caligine condit.
   Quid si succensum divino pectus amore
Ardeat & flammæ quæras alimenta fovendæ ;

[1] Les plus beaux morceaux d'Architecture.
[2] Les Fêtes publiques.
[3] La maladie du Roi à Mets répandit dans le Royaume un deuil & une consternation générale.
[4] Le Roi se rendit à Paris après sa maladie.

                                 Pabula

Pabula fufficiet Scalptura, ignemque fovebit. [1]
Offeret in cunis Chriftum [2] fub paupere tecto
Nafcentem, extorrem patriâ, nova regna petentem,
Pafcentem populos, fundentem oracula templo
Attonitos inter patres, turbamque fenilem.
 Chriftiadas vitam in fylvis, [3] luctuque trahentes
Contemplari itidem dabitur; quibus una voluptas.
Pro te, Chrifte, pati, & meditando impendere noctes.
Frigida dat potum, tellus inarata cubile,
Cervical faxum, tenues fpelunca receffus,
Arentes victum rami lapidofaque corna.
At multâ divinus Amor dulcedine mentem
Imbuit, & largo pax flumine pectus inundat;
Pax omni anteferenda bono, quæ fcilicet omnem
Exuperat fenfum, & grato fale condit amara.
  Magnanimos etiam Heroes fpectare licebit [4].
Carnifices inter medios per vulnera mille
Vitam exhalantes pro relligione tuendâ,
Æternamque brevi mercantes funere laurum.
Hic geminas rigidâ trajectus cufpide palmas
Hînc atque hinc, ferroque pedes terebratus eodem
Terram inter coelumque alto de ftipite pendet.
Purpureâ que fimul vitam cum fanguine fundit.

1 Les Sujets de piété.
2 La vie de J. C.
3 Les Martyrs.
4 Les Solitaires.

F

Ille oleo ardenti, calidoque immersus aheno
Morte cadit geminâ, flammifque expirat & undis.
Huic gladio armatus miles caput amputat ictu.
Detecta alterius ferreis præcordia tortor
Pectinibus laniat, coftafque & vifcera rumpit.
Hîc puerum imbellem raptæ in diverfa quadrigæ
Difcerpunt; illîc rupis de vertice præceps
Dejicitur juvenis; prunis cadentibus alter
Torretur lentè; rapidâ cadit ille fecuri :
Luctus ubique ingens & plurima cædis imago.
Magnarum exprefsâ perculfus imagine rerum,
Quas avidis fpctantum oculis pia charta videndas
Subjicit, ipfe velim victrices æquore palmas
Demetere, & laudem tam pulchrâ morte pacifci.
Virtutem extimulant tantorum exempla virorum,
Et rapidum accendit Scalptura fub offibus ignem.

　　Has equidem nobis Pictura coloribus offert
Delicias : fed quàm fumptu Scalptura minori ?
Quàm plures Scalptura fimul ? Nam quæ atria poffunt,
Sint immenfa licet, pictas tot habere tabellas,
Quot fcalptas rerum effigies exile volumen
Sæpè offert, parva ingentis compendia fcenæ ?

　　Ipfa etiam læves ornat Scalptura libellos,
Et rebus fplendorem addit pretiumque decufque.
Nam quid ego ingeniofe tuos Pinæ * labores,

　　* Tout le monde connoît le fameux Horace de, Londres,

Commemorem, vatis lyrici decorata figuris
Carmina, & infigni fulgentem lumine Flaccum.
Ipfe Poëta fibi fuperas redivivus in oras
Plauderet, eximium nec dedignatus honorem,
Crederet inde fui capitis revirefcere lauros.

Sic operi novus accedet lepor atque venuftas,
Fontanæe, tuo; * cùm fcalptam fabula quæque
Effigiem, multis promiffum munus ab annis
Præferet, & fcenâ non tantùm audire loquentes
Fas erit actores, verum ipfos cernere vultus;
Sive ferox trepidantem Agnum Lupus ore minaci
Aggreditur; ftupidum feu Vulpes fubdola Corvum
Decipit, & pinguem toto fimul impete fertur
In cafeum, puchræ mercedem & præmia fraudis;
Seu plebem affufam fibi fundere thura precefque
Infulfus credit facrorum vector afellus,
Miratorque fuî tumidum caput altiùs effert:
Sacra licet tantùm veneretur fupplice cultu
Plebs pia, & expreffum fub imagine Numen adoret.

At quorsùm hæc autem circùm leviora moramur!
Cùm tandem liceat majori excurrere campo.

Non tantùm Scalptura oculos recreatque juvatque,
Aut folâ rerum delectat imagine mentem:

gravé par Pines & enrichi de beaucoup d'ornemens : ce n'eft
pas le goût qui domine dans ces Eftampes : mais il y a du
moins beaucoup de propreté & d'élégance.
   * On promet une belle édition des Fables de La Fontaine

Utile fed dulci concordi fœdere mifcet,

Atque adeò multas ars unica protegit artes.

Namque ubi pictarum nunc tot miracula rerum

Antiquis celebrata viris; tua Cypris [1], Apelles,

Protogenis Jalyfus [2], docti Iphigenia Timanthi [3]

Parrhafii velum [4], mendaces Zeuxidis uvæ [5],

Et quidquid finxit quondam laudata vetuftas.

Omnia nimirùm fecum abftulit omnia tempus.

Vos meliore igitur queis nafci contigit ævo,

Plaudite, Pictores, gratefque rependite divis.

Veftra olim ad feros pervadet fama nepotes,

Nec doctas Scalptura finet marcefcere lauros:

Nam tandem caries cùm exederit uda tabellas,

Ingenii monumenta fimul, dextræque peritæ;

Hæc lætus rediviva iterùm mirabitur orbis,

Haud equidem telâ, liquidove expreffa colore,

Aft ære incufa, & lævi commiffa papyro.

Suerii fruftrà pictas lacerare tabellas

Tentafti livor [6], famamque abolere periti

à chacune defquelles fera mife une planche gravée d'après les deffeins de M. Oudry. M. Cochin le fils qui préfide à cette entreprife, en a deja fait graver quelques unes,

   1 La Venus d'Appelle.

   2 Le Jalyfe de Protogéne

   3 L'Iphigénie de Timanthe.

   4 Le Rideau de Parrhafius.

   5 Les Grappes de raifins de Zeuxis. Ce font là les plus fameufes piéces de ces anciens Peintres dont nous ne voyons aujourdhui la defcription que dans les livres.

   6 On fçait qu'une baffe jaloufie a porté quelques envieux à

Artificis: Scalptura malum reparavit abundè,
Famaque Suérii manet, æternùmque manebit.

Nec sum equidem ignarus miram feliciter artem
Extusam nuper * , laceras reparare tabellas
Quæ possit , pictisque novum decus addere formis.
Scilicet exesi summo de fornice tecti,
Aut putri ligno dextra ingeniosa figuras
Detrahit, inque aliam transcribit callida sedem.
Ut si quis patriâ fruticem de sede colonus
Avulsum externâ doceat tellure profundas
Radices agere, & mites educere fœtus;
Aut tenerum effœto ramum de corpore matris
Abscindens, jubeat meliori inolescere trunco.
Verùm ersi pictas possit servare figuras
Ingeniosa manus, num multiplicare tabellas
Hæc eadem valet, & totum vulgare per orbem
Artificis famam? Hæc tua laus, Scalptura, decusque.

gâter les peintures dont le Sueur a orné le petit Cloître des
Chartreux. On y voit encore aujourd'hui imprimées les traces
de leur fureur.

,* Il n'y a personne qui n'ait entendu parler du secret admirable de M. Picault, pour transporter de dessus quelque
matiére que ce soit les ouvrages de Peinture. On sçait qu'il
a avec ce secret unique conservé le S. Michel de Raphaël peint
depuis plus de 200 ans & fait pour François I, dont le tems
avoit extrêmement endommagé le bois sur lequel il portoit ;
qu'il a fait la même chose pour la charité d'André Del-Sarte
qu'on voit maintenant au Luxembourg ; qu'il a enlevé à
Choisy avec le même succès le plafond d'un pavillon peint
par M. Antoine Coypel, qui alloit périr par la démolition
qu'on vouloit faire du batiment ; enfin qu'à Versailles il

Nam quæ me rerum facies inopina moratur?
Finxit quis tabulam; nec longum tempus, & ecce
Munere Scalpturæ cunctas circumvolat urbes * :
Hanc Germanus habet, Batavusque, feroxque Bri-
tannus,
Auriferi potor Gangis, ferus incola Nili,
Extremique hominum Sinæ, pictique Geloui.
Sicque omnis celebrat pictorem lingua peritum;
Sic omnis tellus fert illi prodiga lauros.

Præterea eximiam si quæ fortuna tabellam
Sustulerit, ferrum ve nocens, aut impius ignis;
Artificis nullâ damnum est reparabile dextrâ:
Lugubres tantùm questus, lacrymæque superfunt.
Sola suas Scalptura valet farcire ruinas * *,
Atque novo populo gentem reparare caducam:
Namque unâ amifsâ non deficit altera proles;
Extinctam innumeri fratres cum fœnore penfant,
Et damnum unius numero folantur abunde.
Progeniem de ftirpe novam fuccrefcere fcalptor
Qui videt, extinctos fert æquius, atraque gentis
Funera profequitur multò minùs ubere fletu.
Sic cùm delicias matrifque patrifque puellum

vient tout nouvellement de tranfporter de deffus plâtre fur
toile un des tableaux de Vandermeulen qui ornoient l'efcalier
des Ambaffadeurs.
  * La Gravure multiplie en quelque forte les Tableaux par
les différentes copies qu'elle en donne.
  * * On peut tirer d'une planche jufqu'à deux mille épreu-

Mors rapit, in quo uno domus inclinata fedebat :
Tota domus luctu fquallet gemituque frequenti
Perfonat : aft unum è multis fi lurida febris
Conficiat; flet mœsta quidem materque paterque :
Sed brevis ille dolor; compenfat fcilicet unum
Plurimus, & reparat proles numerofa jacentem.

Nec folùm, Pictura, tibi tot commoda præstat
Scalptura : egregiis aut ære aut marmore fignis
Immortale decus præstat, * vitamque perennem :
Nec finit eximios fenfim labentibus annis
Funditùs everti Regumque operumque labores.
Hinc adeò longos compefce, Lutetia, queftus, **
Francigenæ fæcunda parens Lutetia gentis,
Si ruitura brevi, cunctifque obnoxia ventis
Imperfecta manet Lupara ; immundæque volucres,
Improba ftrix, dirumque ferens mortalibus omen
Noctua fublimi ponunt in vertice nidos :
Æmula dum cœlo caput ambitiofiùs effert,
Atque illæfa manet popularis turba domorum.
Tuque ô, Colberti, generofa & nobilis umbra,

---

ves toutes bonnes & bien conditionnées : Car quoiqu'il n'y
ait guéres que celles du milieu qu'on puiffe dire excellentes,
les premiéres cependant & les derniéres ne font pas fans
mérite.

* La Gravure offre encore à nos yeux des ftatues, des
Bas-reliefs, des morceaux d'Architecture, & rétablit en
quelque forte ce que le temps a détruit en ce genre.

** Il y a déja quelque tems qu'il parut une brochure très-
bien faite en forme de dialogue, entre l'Ombre du Grand

Imperii decus & columen, quo præfide quondam
Gallia laurigerum toto caput extulit orbe;
Ælifiis demùm campis folare dolorem,
Et dudum lacrymis vultus abfterge madentes.
Egregium artis opus fedes antiqua potentum,
Si tandem pereat, non omni ex parte peribit.
Defcriptas brevibus foliis, chartâque volucri
Ipfius effigies ætas ventura nepotum
Confpiciet, magna ingentis folatia luctûs.

  Scilicet æternum Scalptura extendit in ævum
Doctorum monumenta virûm, & fi fumpferat ortus,
Ut Pictura parens prima fub origine mundi;
Egregias operum moles hominumque labores
Cernere nunc etiam liceat; tua vafa Corinthe;
Pyramides, Ægypte, tuas, atque æmula cœlo
Culmina, & immenfo ædificata palatia fumptu;
Sublimes portarum arcus, pontefque fonoris
Fluminibus pofitos, cuneifque erecta theatra;
Et tumulum, Maufole, tuum; Templumque Dianæ;
Et quos condiderat Regina Semiramis Hortos;
Atque Syracufii memoranda inventa Magiftri, *
Quorum ope Romanas fufpenderet aëre puppes,

Colbert, le Genie du Louvre, & la Ville de Paris, où l'Auteur déclame avec beaucoup de force contre l'état pitoyable
où on laiffe le Louvre. Elle vient d'être réimprimée avec
fes autres œuvres en un feul volume.
  * Archiméde qui par le moyen de quelques miroirs ardents
                                                      Attollens

Attollens sursùm plumbo , proprioque deorsùm
Pondere præcipites violenti turbinis instar
Mergeret in ponto , tumidisque allideret undis.

　　Insignes demùm eventus, * & publica rerum
Argumenta cavo Scalptura asservat in ære ;
Felices ortus Regum, connubia , morbos ,
Lugubres pompas, victoque ex hoste triumphos :
Omnia ad ætates quondam ventura remotas
Scalpturæ auspicio , & seros visura nepotes.

　　Sic anno pridem elapso dum Gallia prolis
Borboniæ festo celebrat natalia plausu ;
Nascenti puero cunas non unus in ære
Effinxit scalptor: ** sic multus scalptor in ære
Delphinum incolumem pinget , serasque docebit
Ætates , quanto fuerit dilectus amore
Augustus Princeps , qui tantos scilicet æger
Attulerit luctus, tanta affert gaudia sospes.

　　Hæc mihi si scalpenda forent; * super æquore puro
Hinc ægrum mœsta exprimeret manus , inde receptis

& de ces machines , dont on parle ici, brula une partie de la
Flotte Romaine , coula à fond l'autre partie, & obligea le
Consul Marcellus qui la commandoit , de changer le siége
en blocus. Quelque belle que soit la description que fait
Tite Live de cette machine , il seroit cependant plus agréa-
ble & plus avantageux de voir la chose même gravée.
　* La Gravure conserve la mémoire des évennemens publics.
　** Il y eut quelques Graveurs qui à la naissance de M-
le Duc de Bourgogne signalérent leur zéle & leur attache-
ment par les estampes qu'ils firent à ce sujet.

Viribus incolumem, membrifque ac mole valentem.
Unica fic geminas caperet lamella tabellas
Limite difcretas tenui. Trifti altera lecto
Pingeret affixum, fufpiriaque ægra trahentem ;
Frondibus implexis quem cingeret atra cupreffus,
Et totum ferali umbrâ, ramoque fequaci
Contegeret. Pulchræ dextrâ lævâque forores
Lugerent fratrem, ut quondam Phaetonta peremp-
    tum
Heliades, cælæque genas & pectora palmis
Unanimi fletu, geftuque interprete mentis
Efferrent vulnus. Clymenes mœftiffima mater
Æmula, maternum, Reginam oblita, dolorem
Exprimeret pariter vultuque oculoque madenti ;
Et complexa fui corpus miferabile nati
Duceret exanimes imo de pectore queftus.
Ipfe opere in noftro partem Lodoicus haberet,
Et quanquam injuffos vellet compefcere fletus
Naturam fuperans, flueret tamen imber aquarum
Plurimus ex oculis & patri cederet heros.
At velo tegerem vultus lacrymantiaque ora
Conjugis auguftæ, tantum fimulare dolorem
Defperans, vivofque imitando attingere luctus.
    Jam parte ex aliâ frontem redimitus olivâ
Delphinus viridi, gemmifque infignis & auro
Afforet in mediâ, princeps perfonâ, tabellâ ;

Quem blandæ circum Charites, Rifufque, Jocique
Saltarent leviter manibus per mutua nexis,
Et nova multiplici celebrarent gaudia ludo.
Abſterſis etiam lacrymis, vultuque ſereno
Gallia; jam riſu laxaret labra deçenti;
Plurima cæruleam tegerent cui lilia veſtem,
Et lætam ornaret frontem parnaſſia laurus.
Delphinum ipſa ſibi Pietas gratata receptum,
Thuribulumque gerens, & velum, inſigne pudoris,
Aurea ſpectaret fixis obtutibus aſtra,
Et ſuperis ágeret, pro ſalvo Principe, grates.
Finibus extremis, lamnæque in parte remotâ
Implexus junco crines & mollibus ulvis
Lætitiæ in ſignum, Nympharumque agmine cinctus
Sequana, reclini fluctus effunderet urnâ,
Spargeret & totam ſpumanti rore tabellam.

Sed jam vicino tempus ſuccedere portu;
Et niſi feſtinem curſu contingere metam;
Forſitan & læves canerem quis ſcalpere gemmas
Sit modus, * & ſcalptis formas educere gemmis
Sulphureâ impreſſas quadrâ cerâ ve liquenti.
Verum hæc ipſe aliis poſt me celebranda relinquo,
Quos melior Phœbus propiori afflaverit aurâ.
Nos tamen indè aliquod nomenque decuſque feremus,

* Les Pierres gravées pourroient ſeules être la matiére
d'un très-beau Poëme.

Si quis fortè olim laudis perculſus amore
Oſtenſum ingrediatur iter, gemmaſque ſecutus,
Colligat in noſtro decerptas æquore palmas.

   Nunc quæ pro tantis referentur munera donis
Scalpturæ? Ipsa ſibi mercedem ac præmia ſolvat.
Et primùm illius fulvo efformetur in ære
Effigies dehinc in chartâ ſpectanda decenti,
Atque adeò totum latè vulganda per orbem.
Cœlum læva manus, nitidum gerat altera ſceptrum
 Indicium imperii, ſuraſque evincta cothurno
Principis in morem ſolio ſubnixa reſidat.
Purpureus læves humeros obnubat amictus,
Et niveum decorent aurata monilia collum.
Sub pedibus falce effractâ, penniſque reſectis,
Frendeat expreſſum vetuli ſub imagine tempus;
Dum geminas inter vultum demiſſa ſorores
Offeret eximias ſupplex Pictura tabellas,
Et viridem capiti ſuſpendet Pallas olivam.

   * Ce Poëme fut récité très-peu de tems après la Con-
valeſcence de M. le Dauphin à qui l'Auteur avoit dédié ſon
premier Poëme ſur la Sculpture.
   La Sculpture & l'Architecture dont la Gravure conſerve
les plus beaux monuments.

F I N I S.